JN318515

小説帝銀事件

新装版

松本清張

角川文庫
16044

目次

第一部　5
第二部　103
第三部　193
解説　保阪正康　281

第一部

一

R新聞論説委員仁科俊太郎《にしなしゅんたろう》は、自分の部屋での執筆が一区切りついたので、珈琲《コーヒー》でも運ばせようと思って、呼鈕《ベル》を押すつもりであった。窓を見ると、雨が霽《は》れたばかりで、銀閣寺《ぎんかくじ》のある裏山のあたりの入り組んだ谿間《たにあい》に、白い霧が蔔《は》い上がっている。南禅寺《なんぜんじ》の杜《もり》も半分は白くぼやけている。ホテルは蹴上《けあげ》にあって高いところだし、部屋は五階だから、このように俯瞰《ふかん》した眺望になるのである。下には大津行の電車が、まだ雫《しずく》の落ちそうな濡《ぬ》れた屋根を光らせながら坂を上がっていた。

どのような美しい窓からの景色も、ホテルの長滞在の間には感興を失うものだ。仁科俊太郎は、この部屋で茶を喫《の》むことを思い止《とど》まって起《た》ち上がった。場所を変えたいが、外出すると時間がかかる。四階に広いロビーがあるのでそこで憩《やす》むことにした。彼は上着をつけて廊下に出た。すぐ下だからエレベーターを利用する必要はない。彼は緋絨氈《ひじゆうたん》を敷いた階段をゆっくり降《お》りた。

階段の途中まで下りると、ロビーが下に見渡せた。外人客が多く泊るので、隅の飾り棚には金色の仏像や皿が立てかけてある。そのほかは、広い区劃《くかく》に、沢山のクッションが所狭いくらいにならべられてあった。時間外《はず》れとみえて客の姿は無かった。仁科は決して賑《にぎ》やかな環境を快適と思うものでないが、こんなに寂寥《せきりよう》としていると、かえって落ちつかないのである。

眺めた彼の眼は、広間の窓際のクッションに、一人の日本人が上体を埋《うず》めるようにして凭《よ》りかかっているのを発見した。おや、と思ったのは、遠くからでも、それが仁科俊太郎の知った顔だったからである。

仁科は階段を降り切ると、ごたごたしている椅子《いす》の間を通り抜けて、肥《ふと》った紳士に近づいた。白髪の後頭部をクッションにすりつけている赭《あか》ら顔《あ》は、仁科の眼の狂いのないことを証明した。もと警視庁の要職にいて、今は或る公団の理事をしている岡瀬隆吉《おかせりゆうきち》という男である。

先方でも気配で感じたらしい。眼鏡の奥に閉じていた眼が開いた。

「おや、こりゃあ」

と愕《おどろ》いたように言ったのは岡瀬隆吉の方からである。

「思いがけないところで。しばらく」

　といそいで身体を起した。

「しばらくでした。お睡《やす》みのところじゃなかったですか」

　仁科俊太郎は微笑しながら頭を下げ、岡瀬隆吉の前のクッションに徐《おもむ》ろに脚を揃えて膝《ひざ》を折った。

「いや、そうでもありません。人が来るのを待っているのでね、すこし時間があるので、退屈していたところです」

　岡瀬理事は仁科が来たのを、よい話相手ができたというように歓迎の笑いを浮べた。

「あなたは？」

「私は商売の方でしてね」

　と論説委員は手つきで原稿を書く真似《まね》をした。

「飽いてきたから、此処《ここ》まで降りたところです。すると、ちょうど、あなたのお顔を拝見したものですから」

「と、いつから？」

「東京からこっちへ来て一週間です」

「おう、それは」

旅先で知った顔に会うのは懐しいものである。日ごろは、会などで遇《あ》っても目礼するか、ほんの二言か三言、挨拶《あいさつ》するくらいな程度の間柄であったが、こういう場合には、ふだんの倍くらいの親しみが出るものだった。岡瀬理事が手を挙《あ》げてボーイを呼び、二人分の珈琲を注文したのはそのせいであった。

二人はどちらも退屈していた。だから両方で雑談を欲しがっていた。話題は礼儀としてお互の仕事に少しは触れるが、立ち入ったものではなかった。当り障《さわ》りの無い世間話の程度である。いまの無聊《ぶりょう》を埋める効果があればよかった。内閣の噂、世間の景気、子供の成長のことなど。

もし、この時、ひとりの外人がロビーに現われて、離れた椅子に身体を投げて新聞を読まなかったら、そしてその外国人が大男の肥っちょで、精力的な獰猛《どうもう》な顔でなかったら、岡瀬隆吉の次の言葉も起らなければ、話題もそれに滑り込まなかったであろう。

「おやおや」

と岡瀬隆吉は、外人に、遠いが強い視線を注いで呟《つぶや》いた。

「よく似た奴が来たものだね。そっくりだ」

仁科俊太郎は理事の眼の方向に誘われた。外人は禿《は》げ上がった額を横に見せて、苦虫を嚙《か》み潰《つぶ》したような顔で新聞を睨《にら》んでいた。突き出た腹が、クッションをまだ浅く見せたくらいである。

「誰です？」

仁科俊太郎は眼を戻して訊《たず》ねた。似ているという当人のことである。岡瀬隆吉の眼つきは愉快でなかった。

「アンダースンですよ」

岡瀬は仁科と向き直った。

「アンダースン？」

仁科は反問しかけて、答えを聞かぬうちにすぐに意味を了解した。新聞人だから、その名前を聞いただけでも、もっと速く判る筈《はず》だったのだ。

「似てますね」

と、仁科は、もう一度、振り返り、外人の顔を確かめて同感した。本人とは会っていないが、新聞の写真で知っている。

「似てる」

と理事はうなずいた。

「私は、また、あいつが日本に来たかと思った」

岡瀬隆吉は忌々《いまいま》しい表情を作って言った。十年近い過去、アメリカ占領軍の総司令部が日本から引き揚げる前の経験であるから、岡瀬隆吉が公団理事としてではなく、警視庁の要職だったころに接触した男のことである。アンダースンがGHQで防諜《ぼうちょう》部門を受け持ち、特務機関を作っていたのは周知の噂だった。

「あなたは、アンダースンに会ったことがありますか?」

もと警視庁幹部は、不快な記憶の同感を求めるように仁科俊太郎に質問した。

「ありません。恰度《ちょうど》、特派員としてロンドンに行っていましたから。しかし、いろいろな話は聞いていています」

論説委員は、すこし残念そうに答えた。

「ひどい奴ですよ。わが儘《まま》で、自分の言う通りにならなければ癇癪《かんしゃく》を起して、すぐに日本政府の役人にピストルを見せびらかすんですからね。猛牛のように無智なんです」

岡瀬隆吉は罵《ののし》った。

「マッカーサーの虎の威《い》と、自慢のピストルとで、何でも自分の意のままになると考えて、強引に横車を押してくる奴です。ご自慢なんです、射撃がね。始終、練習していたらしい。鏡に向って後ざまに撃つんでね、奴の居間は、毎日、皿の欠片《かけら》が溜《たま》ったという」

「西部劇だ」

と仁科俊太郎は笑った。

「どうやら、あなたも、だいぶ苦しめられたようですね」

彼は岡瀬隆吉の憎さげな眼つきに質問した。

「そうなんです」

と、元警視庁幹部は正直に肯定した。

「当時は米兵の犯罪が多うござんしてね、こっち側がMPに連絡しても、すぐにはやって来ないで、かえって逃がすようにするんです。敗戦の悲哀をしみじみ感じましたよ。口惜《くや》しくてね、何とかしようと一生懸命になっても、どうやら向うの旗色が悪くなるとアンダースンが腰にピストルを下げて出てくる」

「そりゃ口惜しいに違いありません」

仁科俊太郎が同情すると、

「いや」

と岡瀬隆吉は、その同情に反撥《はんぱつ》するように言った。

「われわれだって、そういつもアンダースンに威《おど》かされてばかりいた訳じゃありませんよ。そうだ、あなたはハイドン牧師殺し事件を知っていますか？」

「おぼろにはね」

と仁科論説委員は答えた。

「こっちに帰ってきて、社の誰かに聞きました」

「完全にわが警察の勝利で、アンダースンの鼻をあかしてやりましたよ」

元警視庁幹部は雄弁になった。眼まで異ったように輝いてきた。相変らず、あたりの椅子に坐《すわ》る客は無い。話は気ままであった。

夜の九時ごろ、米兵が日本の夜の女を連れてスガモ・キャンプの近くを歩いていたのを、従軍牧師のハイドン大尉に見咎《みとが》められて注意をうけた。服装がだらしない恰好《かっこう》だったからである。銃声が二発鳴り、牧師は倒れた。

警視庁から捜査一課の鑑識が出動して調べると、畑の残雪に逃げた大きな靴跡がある。目撃者の証言によると、離れた電柱の蔭《かげ》に夜の女がいたという。それはS子だと判ったが、彼女は居ない。米軍側が、牧師殺しの犯人を喋《しゃべ》舌ると思って監禁したのである。

その事情が判ったので、警視庁からCIOに、S子を調べさせてくれと申し出たが、先方では犯人は朝鮮人だと主張する。靴跡から米兵の犯行と断定している日本側との対立になった。このときに、アンダースンが現われたのであった。

アンダースンは警視庁の幹部室に突然入ってくると、岡瀬の机の上に腰をかけた。抜き身の拳銃《けんじゅう》を掌《てのひら》で弄《もてあそ》びながら、オカセ、お前は朝鮮で、犯人の朝鮮人が捕まったのを知っているか、と威しをかけてきた。そんなことは知らない、と岡瀬は言った。アンダースンは、お前は米国兵が犯人だと夜の女に言わせようとしているらしいが、証人を捏造《ねつぞう》している、と岡瀬に逼《せま》った。岡瀬は答えた。自分は捜査を部下に命令しているのだ、その大切な証人をそっちで押えて調べさせてくれないではないか。アンダースンは眼を怒らせた。オカセ、お前は犯人がＧＩだとどうしても主張するのか。主張する、と岡瀬は言った。そんなことを主張して、もし嘘《うそ》だったら軍法会議にかけてもよいか、とアンダースンは大声を出した。岡瀬は答えた。ＣＩＯがどうしても女を調べさせてくれないなら、自分は憲兵司令官に直訴《じきそ》する。第一、ＣＩＯのやり方は卑怯《ひきょう》だ、一時間でもよいから証人を調べさせてくれ。

このような押し問答の末に、アンダースンは、岡瀬が自身で調べるならよろしい、と遂に譲《ゆず》った。岡瀬はＣＩＯから戻された夜の女に、日本人として実際のことを言ってくれ、と頼んだ。彼女はハイドン牧師に救われた過去がある。彼女は感激して協力を約束した。その結果、米兵の面通しとなり、屋上に二十名ばかり同じ年ごろのＧＩを整列させたが、彼女は迷うことなく犯人をすぐ指摘した。犯人は震え出して卒倒した。

「あれは痛快でしたよ」

当時の警視庁幹部は、自分の話に興奮していた。半分は自慢話だったが、これは聴き手には我慢できたのである。仁科俊太郎は、素直にうなずいて、古い話だが、岡瀬隆吉の顔に犒《ねぎら》うような笑いを向けた。

「完全にアンダースンをノックアウトされた訳ですね。聞いていて、こっちまで愉快です」

「とにかく」

と岡瀬隆吉は、聴き手の賞讃《しょうさん》に調子づいたようだった。

「占領当時の犯罪捜査には非常に苦心しました。米軍関係は、部隊がすぐ移駐するので証拠保全が困難だし、米側の捜査官に熱意がない。熱意が無いどころか、アンダースンのように妨害して、こっちを苛《いじ》めにかかってくる者もいるわけです。アンダースンという奴は悪い奴でした。保安関係なら、どんなことにも顔を出して横車を押す。帝銀事件のときでも、警視庁にやって来て……」

流れるような話術が不意にそこで停った。走っているものが急に動かなくなった感じである。はっとして、思わず相手の顔を見たのは、聴いている仁科俊太郎の方であった。

岡瀬隆吉は眼を遠くに遣《や》って、しかも視線を動揺させている。唇を開けてはいるが声は出ていない。われわれが言ってはならぬことを、うっかりと言いかけて気づき、うろたえているときの表情と同じであった。

「帝銀事件にも？」

仁科が追及したのは、それを覚った上での意地悪さではなく、興味に煽《あお》られてのことだった。

「いや、なに……」

岡瀬隆吉は、益々、狼狽《ろうばい》して、落ちつかない顔になり、手をあげて無意味に頸《くび》を掻《か》いたりした。

「それは何でもなかったことですが」

今までの元気な声が失われ、低い声で曖昧《あいまい》な言い方で結んだ。言葉だけでなく、唇まで閉じたのである。明らかに、彼は、自分の軽率に後悔し、その後悔を看破《みやぶ》られまいとして、ごまかしを思いつこうとしているようだった。つまり、退官したこの高級警察吏は、自分の在職時代の責任をまだ大事に守っている決心が窺《うかが》えた。それに相手が悪い。新聞人なのだ。

巧妙だが、見え透いた工作で、岡瀬隆吉は話題を回転して行った。今度は笑い声を頻《しき》りと挟んでくるのである。はっきりと、話をアンダースンに戻すことを、いや、うっかりと口に出してしまった帝銀事件という言葉を二度と繰り返すまいとする防《ぼう》禦《ぎょ》が見られた。話をひき出そうとしても無駄なのである。西洋人のよく使う表現によると、元警視庁幹部は、そのことでは牡蠣《かき》のように沈黙してしまったのである。

折から岡瀬隆吉は、ボーイの持ってきた来客の知らせに勢いよく立ち上がり、

「では、失礼。いずれ東京でお目にかかります」

と会釈《えしやく》して、愛想笑いをした。

「いや、面白いお話を伺って、お蔭で退屈しませんでした」

論説委員は一礼した。

仁科俊太郎は自分の部屋に戻った。机には書きかけの原稿がある。窓には黒谷《くろたに》のあたりの低い連山にまだ白い霧が残っている。仁科は煙草《たばこ》を喫《す》いながら、椅子に腰かけ、外をぼんやり眺めていた。

帝銀事件のときは、彼はまだロンドンに居た。昭和二十三年だった。鈍重なくらい慎重なイギリスの新聞が、珍しく興奮して大きく書き立てたものだった。"Bank Robber kills 16 with Poison" という大きな見出しの活字がまだ目に残っていたし、付き合っている向うの新聞記者たちからいろいろ質問されたのを覚えている。その時は何も知る訳はなかった。

そうか、アンダースンが警察に出てきたのか。仁科俊太郎がいま考えているのはこれだった。アンダースン——占領中に恐ろしく悪名を日本に流した男だった。ソ連から還《かえ》った引揚者の二重スパイ事件、東京租界《そかい》の国際犯罪事件、N銀行ダイヤ紛失事件、そのほか大きな事件で彼の名前がどこかに出たものだ。アンダースン機関という秘密な組織の頭目である。しかし、悪名を日本側に噂されるだけに、米軍には防諜《ぼうちよう》活動に忠実な中佐だったかもしれない。

「アンダースンがね……」

論説委員は、公団理事が迂闊《うかつ》にもらした一語にいつまでも縛られていた。幸い、新聞社の人間である。帰って聞いてみる方法はあった。彼は指に煙草を挟んだまま、それを考えていた。書きかけの原稿をつづける気分ではなかった。

二

東京都全体の空に、にぶい色の雲が凍って、うすら寒い日だった。その朝小雪が降ったが、ひる頃に熄《や》み、道路は雪解けのきえない泥濘になっていた。

昭和二十三年一月二十六日のことである。午後三時半ごろ、一人の会社員が、東京都豊島《としま》区椎名町《しいなまち》の帝国銀行支店の前を何気なく通りかかった。丁度そのとき、銀行の塀《へい》の東北の隅にあるくぐり戸を開けて、五十前後とみえる男が出てきた。このくぐり戸は、普段銀行の行員と、小使しか使わず、その人たちならこの会社員は顔見知りだったから、知らぬ男が出てきたのを見て、一瞬変だなと思いながら通りすぎた。それから三十分ほどおいて中年のお内儀《かみ》さんふうの二人の女が、同じ場所を、今度は反対側の道から通りかかった。二人は近所に買い物にきたのだが、その一人がふと銀行の行員出口の木戸のほうを見て立ち止った。

「あら、どうしたのかしらね」

一人がそのほうを見ると、薄緑の事務服に黒っぽいズボンをはいた二十二、三歳の女が、靴下だけの裸足《はだし》で木戸につかまって、しゃがむようにしながら苦しそうに肩で息をしている。お内儀さんは、この建物が銀行だということを少しも知らなかった。というのは、質屋の店を銀行が買って支店にしたもので、石造りの倉を除けば、木造二階建てのふつうの住宅と見かけは変らなかったからである。

そこで通行人のお内儀さんは、夫婦喧嘩《げんか》でもあったのかと思って、立ち停って様子を見ていると、あとから十五、六歳のセーラー服の少女が通りかかった。これも二人に倣《なら》って呆《あき》れたように苦しんでいる事務服の女を見ている。木戸口の女はいよいよ苦しげに息を切らしながら、見物の三人に言った。

「そこで見てないで早くお巡りさんを呼んでください。鴨下《かもした》さんを呼んでください。いま都から消毒班の人がきて、苦い薬を飲まされてみんな倒れています」

傍観者の一人がここで、気づいたようにかけ寄って、

「鴨下さんてだれ?」

と訊《き》くと、しゃがんでいる若い女は、

「配給所の……」

とまで言ってあとが続けられなくなった。銀行から西へ三十メートルほど行った

町角に味噌《みそ》、醬油《しょうゆ》配給所の鴨下商店がある。中年女の一人がその店に走って、このことを告げた。別の一人もやっと顔色を変えて、

「私交番に行ってきます」

と言って、五十メートルばかりいった椎名町駅前の目白署長崎神社前派出所に駈《か》けつけた。立番中の井上《いのうえ》巡査に、早口でわめいた。

「いま帝国銀行のところの道端で、女の人が苦しんでいます」

この鴨下商店主と井上巡査がかけつけたのはほとんど同時で、四時を十分ぐらい過ぎていた。巡査が現場に到着したときには、その若い女子行員は木戸口に倒れて、しきりと吐瀉《としゃ》しながら、苦しんでいた。井上巡査が女を抱き起しながら名前を訊くと、村田正子《むらたまさこ》と答えた。

「どうしたんだ、いったい？」

巡査は大きな声で訊いた。

「いま東京都の衛生課員という人が来て、この近所で赤痢《せきり》が出たからこの薬を飲んでくださいと言われたんです。それでみんな飲んだんです。そうしたら急に苦しくなって、まだなかに大勢倒れています」

女子行員は、苦しそうに喘《あえ》ぎながら言った。巡査は周囲に集まってきた人たちに向って、

「どなたか早く交番に行って本署の救急車をよこすように言ってください」

と早口に言った。四十ぐらいの男が、

「よしッ」

と応《こた》えてすぐにかけ出した。巡査は二、三人の人たちに手伝ってもらい、村田正子という倒れている女子行員を銀行のなかに運び、ちょうどふつうの家の玄関の作りになっている入口の式台の上に寝かせた。そこに鴨下商店から急を聞いて、近所の茶商並木園の並木《なみき》福太郎《ふくたろう》がかけつけてきて、井上巡査に続いて銀行に入った。

なかでは猛烈なうめき声がしている。突然入った者には恰《あたか》も大喧嘩《おおげんか》しているような印象だった。見ると玄関を入った廊下のとっつきの湯殿《ゆどの》に、五十ぐらいの男の行員が、入口のほうを頭に、湯呑茶碗《ゆのみぢゃわん》をもったまま倒れていた。さらになかに入ると小使室にも廊下にも、こたつのある八畳の日本間にも、営業室にも、いたるところに行員が倒れて苦しんでいる。なかにはすでに息の絶えているものもあり、室内には鼻をつく異様な臭気が漂っていた。

並木福太郎はなにがなんだかわからなかったが、とにかく医者を呼ばなければならないと思って、急いで店に帰って、店の電話でかかりつけの医者を呼び出した。しかし、往診に行っていて留守だったので、さらに離れたところにある高島《たかしま》という医師にかけて、すぐにきてくださいと頼んだ。井上巡査も内部のあまりの凄惨《せいさん》さに、これは容易ならぬ大事件だと気づくと、急に本署への連絡が心配になり、交番に引返した。途中で目白署捜査係の金沢《かなざわ》巡査に会ったので、すぐ銀行に行くように頼んで交番にかけ帰った。交番に着くと同僚の堀川《ほりかわ》巡査は、すでに本署に連絡をすませて、ちょうどそこへ巡視中の小林《こばやし》巡査部長が来合わせたので、井上巡査のほか小林部長と二人で銀行のほうへとって返した。そのころ現場から約千五百メートル離れたもう一つの交番、椎名町四丁目派出所に目白署の警邏《けいら》主任が巡視に来合わせていたが、四時半ごろ、四十歳ぐらいの男が小林部長さんに頼まれましたが、いま椎名町の銀行で毒を飲んだものがあるから、すぐに応援にきてくれということですと知らせにきた。宮田《みやた》警部補は折から帰宅の途中通りかかった同署の三刑事を呼びとめ、四人で銀行に急いだ。この三人の刑事の中に、この事件の後の捜査に活躍した福留《ふくどめ》刑事がいる。

目白の本署に報告があったのは四時二十五分、ちょうど当直明けで帰ろうとして玄関に出ていた大村《おおむら》捜査主任のところに当直の刑事がきて、いま椎名町の帝国銀行で中毒事件があり、五、六人が倒れて吐いていると報告があった。大村主任は集団中毒かと思ったが、銀行のことではあり、人数も多そうなので、一応、行ってみようと署長に報告をすませ、二人の刑事を連れて署長の自動車で現場に向った。

小林巡査部長と井上巡査が、銀行の玄関のなかで苦しんでいる女子行員村田正子に事情を聴いているところへ、近くの開業医が往診を済ませて自転車で通りかかった。木戸口に群がっている近所の人たちは医師の姿を見ると待っていたとばかり、

「先生、大変だ、集団中毒らしいから早く診《み》てください」

と言うので医師はなかに入った。入ってみると、あっちこっちに行員が倒れていて、地獄のようである。この開業医はその中に漂う異様な臭気から青酸だとすぐに気がついたという。事情は分らないが一刻も早く手当てをしなければならない。医師は急いで部屋をとび出すと、胃洗滌《せんじょう》の道具をとりに自宅に自転車を走らせた。入れちがいに並木の電話で呼ばれた高島医師がかけつけ、続いて近くの別な医師、酒好きなこの銀行の嘱託医もやって来た。近所の人たちも数人なかに入って手伝った。急を聞いて被害者の肉親もかけつけてくる。現場保全の上からいうと滅茶苦茶である。

宮田警部補と三人の刑事の一行も前後して到着、行内に入っていた。医師以外の近所の人たちを初めて廊下に出して調べにかかったが、十六人の行員のうち、すでに十人は絶命、残りの六人もひどい苦しみかたで、なんにも聞きとれない。宮田警部補は銀行の電話で本署の野田《のだ》警部にあらましを報告しているところに、サイレンを鳴らして救急車が到着した。この日は豊島消防署の救急車が故障で、よそから呼んだために救急車の来るのが遅れ、呼んでから三十分もたっていた。宮田警部補の

指導で、まだ息のある六人のうち、動かせない状態の小使の滝沢《たきざわ》をのぞいて、支店長代理吉田武次郎《よしだたけじろう》、出納係《すいとうがかり》田中徳和《のりかず》、計算係沢田芳夫《さわだよしお》、預金係村田正子、庶務係阿久沢芳子《あくざわよしこ》の五人がすぐに救急車で新宿の聖母病院に運ばれ、巡査が同乗して行った。

支店長の牛山仙次《うしやませんじ》の姿はどこにも見えない。

「だれか支店長の家を知りませんか？」

という刑事の声に木戸口に群がっていた人のなかから、

「私が知っています」

と二十六、七の青年が出てきた。これは魚屋の雇人である。すぐに迎えにとんで行ってくれと刑事に言われると、さっそく自転車に乗って走り出した。

牛山支店長は数日前から腹痛に悩まされ、この日も自宅でこたつに入っていたが、そのときは風呂《ふろ》に入ろうとしていたところだった。

「いま銀行で大事件が起きたからすぐきてください」

とせきこんだ魚屋の知らせで、支店長はすぐに身支度をして、彼の自転車のうしろにとび乗った。

現場では魚屋が出かけたあと入れちがいに大村捜査主任と二人の刑事を乗せた自動車が到着した。主任の指揮で、初めて現場保存のため、行内は宮田警部補、事務室に山田《やまだ》巡査、外部には小林巡査部長が警戒にあたった。

もはやこれが異常な大犯罪であることは警察官にも判ってきた。が、すでに現場はあまりに荒されすぎている。最初、集団中毒だと思ったのと、息のある人たちを助けようと、近所の人や消防署員が雑沓《ざっとう》したあとだったからである。

日はほとんど暮れはてて、薄暗い電灯が行内のあちこちにころがった死体を照らしている。畳も板の間も泥靴で踏み荒されている。その片隅でもう一人わずかに息のある小使の滝沢辰雄《たつお》をなんとか救おうと、四人の医師が懸命に手当てをしていた。

五時を過ぎたころ目白署長が現場に到着した。続いて自転車の荷物台にまたがった牛山支店長が、顔を青白く引きつらせてたどり着いた。現場のあまりのものすごさに立ちすくみ、いつも元気に仕事をしていた部下たちの変りはてた姿を見て、支店長は、動顚《どうてん》した。

初め、捜査当局も、もしかしたら支店長が関係しているのではないかという疑いを持って追及していたが、支店長は何が何だかさっぱりわからないと呆然《ぼうぜん》としている。過去の記憶を呼び起してみても、別に恨みを買うような点の心当りもない。遺族の方にはまことに申しわけがありませんと、繰り返すのみである。

六時過ぎたころから、東京地検の木田《きだ》検事正、井出《いで》刑事部長検事、稲佐《いなさ》検事、警視庁の山村《やまむら》刑事部長、前岡《まえおか》捜査一課長、江田《えだ》・黒原《くろはら》捜査係長らが到着した。折から旅行に出掛けようとしていた東大法医学教室の古畑種基《ふるはたたねもと》教授も下落合《しもおちあい》の自宅から引っ張り出されてくる始末である。

すでに六時半であるから冬の外は暗黒である。そのなかに遠巻きの群衆がうごめいている。小使の滝沢辰雄が、やや生気を取り戻したようなので、すぐ救急車で病院に運ばれた。あたりの狭い道には、捜査陣の車が刻々数を増していた。救急車のサイレンの響きや、オートバイの爆音や、カメラマンの焚《た》くフラッシュのきらめきやが、この場末の街の寒い冬の夕暮を異常な雰囲気に包んでいた。

六時に捜査主任は署長らが到着すると間もなく、現場を引きついで、二人の刑事を伴い病院に出掛けた。病院では沢田芳夫が手当てのかいもなく、午後六時ごろ死亡した。残りの四人に対して胃洗滌が行なわれたが、二人の女性は猛烈な苦しみを訴えるばかりで、医師たちを手こずらせていた。このとき割合に元気なのは、若い田中徳和で、吉田支店長代理はひどく興奮していて、譫言《うわごと》のような言葉を断片的にしきりにわめいていた。稲佐検事と警察事務官らもあとから病院へかけつけて、三人の警官たちとともに懸命に四人の生存者たちから聴き取りを行なった。初めは苦しみ方がひどくて、聴き取りは困難をきわめたが、次第に落ちついてくるにつれて、およその事情は聞くことができた。

こうして、いわゆる帝銀事件発生当初の全容は、ようやく明らかになってきた。

午後六時最初の緊急電報が各方面に飛び、同時に刑事たちは現場付近に散って聞き込みを始めた。

第一回の緊急電の電文は、このように打たれた。

刑事部長、一月二十六日午後六時半、緊急各司目白一号。本日午後三時スギ管内長崎一ノ三三帝国銀行椎名町支店ニ左ノ男来タリ、都ノ者ダガ、イマ進駐軍ガ消毒ニ来ルカラ、薬ヲ飲ンデイテクレ、ト銀行員ホカ十五名ニ毒薬ヲ飲マセ、毒殺シ逃走ス（七名死亡）。被害金品不明。犯人相四十年位。他不明。

続いて同六時四十分には、

殺」訂」本日一号ノ左ノ通リ、犯人相四十五、六歳、五尺二寸クライ、ヤセ型、丸ガリ、ネズミ色オーバー、白腕章。

これが苦悶《くもん》している被害者たちから聞き得た犯人の最初の特徴であった。

支店長代理吉田武次郎は、こう述べた。

「わたしは銀行で毒を飲まされたことについて申し上げます。本日午後三時ごろ銀行業務を終り、営業の事務処理をいたしておりましたところ、そこへ店の戸の横のくぐり戸を開けて、年齢四十五、六歳の背広服を着て、左腕に白地に東京都の赤じるしの腕章をつけた男が入って来まして、名刺を出しました。『東京都の者ですが、支店長は』と申しましたので、私は支店長はいませんが、私が支店長代理ですと言いました。そうしてその人より受け取りました名刺には、東京都衛生課並びに厚生省厚生部医員、医学博士と書いてありましたが、名前は記憶いたしておりません。そうしてその方を入口より事務室に上げて、私の座席の隣の椅子にかけてもらいました。すると、その男は、実は長崎の二丁目の相田《あいだ》といううちのまえの井戸を使用しているところより、四名の集団赤痢が発生し、警察のほうへも届けられたろうが、このことがＧＨＱのホートク中尉に報告され、中尉はそれはたいへんだ、すぐに行くからお前一足さきに行けと言われて来たが、調べてみるとそのうちへ同居している人が、きょうこの銀行へ来たことがわかった。ホートク中尉はあとより消毒班を指揮してくることになっている。その消毒をするまえに、予防薬を飲んでもらうことになったと言いましたので、私は『ずいぶん早くわかりましたね』と言いますと、その人は、診断した医師から直接ＧＨＱへ報告されたのだと申しておりました。

　そうしてその男はもうすぐ本隊が来るから、そのまえにこの薬を飲んでもらおう、元来これはＧＨＱより出た強い薬で、非常によく効く薬であるからと申しまして、幅一寸に長さ五寸くらいの医師の持つ金属製の箱を出しましたので、給仕が湯呑《ゆのみ》をぜんぶ洗って持って来ました。すると、その男は『この薬は歯に触れると琺瑯質《ほうろうしつ》を損傷するから、私がその飲み方を教えますから私がやるようにして下さい。薬は二種あって、最初の薬を飲んだのち、一分くらいして次の薬を飲むように』と言われ、その男は小さいビンを出しまして、ガラスにゴムのついたスポイトを出した。その薬は無色で少し溷濁《こんだく》しているもので、スポイトで少量ずつ湯呑に分配して、その男は最初の薬を、舌を出せるだけ出しまして、そのなかほどへ巻くようにして飲んで見せました。店員の者もぜんぶそれを見習って飲みました。するとその薬は非常に刺激が強く、ちょうど酒の飲めぬ人が強い酒を飲んだように、胸が苦しくなってきました。そうして一分して第二の薬をまた分配してもらって飲みました。そうして私は井戸に行きまして、うがいをして帰ろうといたしますと、みなの者もばらばらと倒れますので、これはいけないと、私の席へ帰りましたが、間もなく意識がわからなくなってしまいました。その男は赤いゴム靴をはき、一見好男子で、知識階級の人のようでありましたが、医者としてはちょっと手が武骨であるようであります。腕章は白いきれで赤く東京都のマークが押捺《おうなつ》され、その下に黒字で達筆で防疫消毒班と書かれてありました」

この供述中の、進駐軍の係の名は、初めホートク中尉であったが、のちに、ホーネット、またはコーネットと言ったように思うと改められた。

三

犯人の男は鼻筋の通った品のいい好男子であったことは、生き残りの四人とも証言している。吉田支店長代理だけが左のこめかみから頬にかけたあたりに直径五分くらいの茶色のしみがあったと言っており、ほかの三人は気がつかない。オーバーは着ていたのか、手に持っていたのかはっきりせず、吉田支店長代理は背広の腕に腕章を巻いていたと言い、ほかの三人はオーバーを着て、その上に腕章を巻いていたと言っている。また男の靴について証言している者も吉田だけで、露店に売っているような赤のゴム靴だったと言い、スリッパをそろえて出した阿久沢は、靴がどんなだったかわからなかったと言っている。田中も靴のことは、覚えてなかった。

普通に、ぶらりと退《ひ》け時の行内に入って来た男なのである。真剣に詳細に観察しない限り、うすい記憶しか残っていないのは当然であった。そして、それぞれの行員に、その人間についての印象がまちまちなのも当り前といえた。

その男は、持っていた鞄《かばん》の中から医師の持つような長さ五寸、幅一寸ぐらいの金属製の箱と大小二つの瓶をとり出し、「この薬は進駐軍直接の薬で非常に強いが、一度飲んで置けば、今日入った赤痢菌などはすぐに死んで了《しま》うくらいよくきくやつだから、進駐軍が来る前に皆さんに飲んでおいてもらいたい」と言うので、小使の滝沢リュウが全員に呑《の》めるように、人数だけの湯呑茶碗《ぢゃわん》を洗って盆に乗せて持ってきた。犯人のものもあった筈《はず》だから、全部で十七個だが、発見のときに残ったのは十六個しかなかった。犯人が指紋を採られることを予期して一個を持ち去ったという考えも起るのである。

男は金属製の箱から万年筆のスポイトのようなものを出し、小さい方の無色の硝子《ガラス》ビンから薬を吸い上げて一個の茶碗に二回ずつ注ぎ分けた。以下の経過のことは、支店長代理吉田武次郎の述べた通りで、大体誰にも異論はない。

ただ、吉田支店長代理は、男の手つきがなかなか巧みで医者にしては「手が武骨すぎた」ということを繰り返して稲佐検事にも大村主任にも証言している。

しかし薬の味、色、臭いについては四人の証言は少しずつ違っていた。吉田支店長代理は「最初のは少し白く、濁った液で、強いウィスキーか何か飲むように、胸が焼けるようだった」と言い、田中行員は、「ガソリン臭くて舌がぴりぴりした」と言うし、阿久沢行員は、「薄黄色でアンモニア臭に近い匂いと、苦いような味がした」と言った。二番目の薬については、一様に、水のようだったと言っている。

二番目の薬を飲み終ると、皆は先を争って洗面所や井戸端に含漱《うがい》に行った。が、水を口に含むか含まないうちに廊下や洗面所で倒れはじめた。

　村田正子も含漱をしようと順番を待っていると、先に立っていた西村《にしむら》行員が崩れるように倒れたので、大声で、「吉田さん、西村さんが変ですから来て下さい」と叫ぶと、吉田支店長代理は洗面所をちらっと覗《のぞ》いて、営業室の方へ行きかけた。彼女は支店長代理の後を追って、含漱もせずに洗面所を出たが、四畳半のところまで来ると気が遠くなり、その部屋の炬燵《こたつ》まで行こうとして気を失ってしまった。

　村田正子は、そこで四十分近く倒れていた。ふと気がついて、人に知らさなければ、と思い、玄関から通用門まで匍《は》い出したのであった。買い物のため二人の中年女が通りかかったのは、その時である。

　不幸なことは、この多人数の殺戮《さつりく》が発見当初に集団中毒と思われたことだった。そのために閉店後も開いていた三つの出入口からは、いろんな人が出入りし、弥次《やじ》馬《うま》が入り込み、警戒の薄かった北側の脇木戸からは、新聞社のカメラマンまで入って勝手口から死体の写真を撮《と》る始末である。捜査に大切な現場保全が全くなされていなかった。

　畳も床も泥だらけで、足跡などが全くとれなかった。ようやく毒物を使った強盗という考えが出たが、何を盗まれたか分らないままに、夜に入ったため、指紋採取は翌日に廻《まわ》して、検証を終ったのが九時二十分であった。

しかし、翌日の第二回の検証には、徹底的な指紋採取が行なわれたが、不成功であった。犯行の直後の現場である営業室周辺には、被害者の湯呑が十六個あるだけで、腕章を巻いた犯人に出したと思われる湯呑は発見されなかった。十六個の湯のみからは、思うような指紋もとれなかったのである。

犯人の触れたと思われる、机、椅子、金庫などについて調べた結果、両開きの金庫の扉の、締めたときに合わされるギザギザの部分の内側に、一個の指紋が発見された。それは、ちょうど開きながら右手でさわったような付きかただった。犯行現場から離れているが、小使室の隣の台所の棚の上に、茶卓《ちゃたく》に乗せた客用の湯呑が一個あったが、これからは明瞭《めいりょう》な指紋が取れた。

これらの二つの指紋は誰のものとも合わなかった。およそ、当日銀行に立入ったと思われる人々、警察官、刑事、救急車の消防署員、近所の人々から、その日の午後煉炭《れんたん》の配給に来た人など、指紋を調べたが、この二つの指紋に合うものはなかった。

鑑識課では、この二つの指紋のうち、金庫にあったほうは、一週間ぐらい経《た》ったものと鑑定したが、台所の湯呑に付いていたものは新しく、間違いなくこの日に付いたものとわかった。しかし、もしこれを犯人の指紋だとすると、犯人が薬を飲ました後に、自分が使った湯呑を、わざわざ台所まで運んで来たとしか解釈のしようがないが、それは非常に不自然であること、来客用としてはもっと上等の湯呑もあることなどから、この湯呑は、昼間小使のところに来た、個人的な客に出したものであり、指紋はその客のものだろう、と推測された。しかし、それに該当《がいとう》するような人も出てこないまま、この指紋はいまのところ解けぬ謎になっている。

吉田支店長代理の机の上には、向って左側に、小切手受取帳、担保差入書、約束手形一枚、事件当日の新聞、そのほか雑誌類、四、五十枚入った竹製の重要書類籠《かご》があったが、支店長代理がその中に入れたという、犯人の名刺は発見されなかった。机の上にはこのほか、事務用品が並んでいた。机の正面に、吉田支店長代理の回転椅子、机の右下に煉炭火鉢をはさんで、犯人の坐《すわ》ったものとみられる、客用のもたれ付椅子が一脚ある。吉田支店長代理の机から一メートルほど離れて、出納係長の机があった。現金がまとまって、むき出しに置いてあるのは、この机の上だけである。この机の上には、高さ一尺五寸、長さ三尺ぐらいの整理棚が置いてあり、いろいろな札束が入れてあった。

その朝、本店から手伝いにきていた預金係の立会を求め、被害額を調べたところ、けっきょく、未整理だった預金者の現金八万九千百十円と、他店証券が一枚と、別の客からの現金一万四千百円は盗まれていることが確実となった。ほかに、帳簿上不足している六万千百九十五円三十五銭も盗まれたものと推定された。この紛失した他店証券が安田銀行板橋支店のものと判ったのは、翌日の朝だった。この暇どった発見が、犯人に、かけがえのない、天佑《てんゆう》的な時間を与えたのであった。

事件当夜、八個の湯呑茶碗から採集された死体の吐瀉《としゃ》物と、硝子醤油《しょうゆ》差しに入れられた飲み残りの少い液と、病院で生残りの者から胃洗滌《せんじょう》によって吐かれた胃の内容物は、翌二十七日朝、警視庁鑑識課の理化学室に届けられた。

これらの胃内容物は、いずれも、ごく弱いアルカリ性のもので、いちばん多い渡《わた》辺《なべ》行員のものをかいでみたら、杏《あんず》の腐ったような、青酸特有のにおいがあり、化学的な試験をしてみると、確実に青酸が検出された。ここで、毒物が青酸の化合物であることははっきり確認されたわけである。

しかし、青酸化合物といっても、百二、三十種類がある。そこで、こんどは、青酸以外のものを検出しようと試験してみた。その結果、胃内容物からは、カリとナトリウムが検出され、そのほかのものは出てこなかった。しかし、カリも、ナトリウムも、食物の中に沢山入っている。ナトリウムは塩に入っているから、およそ塩漬した副食物などにはほとんど入っているわけだし、カリは野菜に多く含まれている。したがって、誰の胃の中にも含まれているのは当然で、これは毒物自体をつかむ端緒にはならなかった。

そこで、醤油差しのほうの、飲み残りの液から手掛りを得ようとした。この醤油差しは、ごくありふれた、一般家庭にある硝子製のもので、側面にヒダがある。これを、鑑識課の巡査部長が、二、三回水でゆすいで、その中に、湯呑《ゆのみ》から集めた、飲み残りの液四ccを入れてきたのだが、これは失敗だった。二、三回ゆすいだぐらいでは、硝子のヒダや、底に残っていた醤油分が、完全に洗い去られていたかどうかはすこぶる疑わしい。はたして、中に入っていた飲み残りの液は、淡い黄色味を帯びたアルカリ性のものだった。

被害者たちの話では、最初に刺激の強い薬を飲まされ、第二回に飲んだものは、水と同じものだった、ということだから、青酸化合物を飲んだとすれば、この一のほうと思われる。そうすると、この飲み残りは、ほとんど第二液が主なわけだ。これを調べると、青酸その他、毒物らしいものは何も出なかった。しかし、これでは毒物を決める自信がないので、胃の内容物の分光分析を、東大理学部化学研究室の木村《きむら》教授に依頼、垣花《かきはな》助手が正式に分析を行なった。

鑑識課に届けられたのは、死者の吐物を入れた湯呑と、残りの液を入れた醤油差し、さらに生存者の胃洗滌による吐物を入れた二本の褐色《かっしょく》の瓶《びん》だが、そのうち一本は、白濁して弱いアルカリ性を呈する液体約六五〇グラム、もう一方には、同様な液体が二五〇グラム入っていた。この両方の液からも少量の青酸が検出されたが、西山《にしやま》技師が、この瓶の一方を開いたとき、青酸のにおいにまじって、プーンと石炭酸のにおいがした。

　ちょうどそのころ、この事件の関係者である薬の専門家が、青酸カリと酢《す》をいっしょに飲ませればよくきく、という談話を新聞に出したので、さては石炭酸も飲ましたのではないかと、聖母病院にかけつけて調べたところ、石炭酸の空瓶を使ったことがわかった。ともかく、西山技師が調べたかぎりでは、胃の内容物や、飲み残りの液からは、カリ、ナトリウムしか出ない。そういう試験の結果、青酸カリとして捜査してもいいだろう、という腹を捜査当局は決めた。しかし西山技師は、慎重を期して、第一薬は青酸カリに類するもの、第二薬は水らしいもの、と報告した。

　十二人の犠牲者《ぎせいしゃ》の遺体は、二十七日朝、白木の棺《かん》に納められ、解剖に付されるため、六体は東大へ、他の六体は慶大へ運ばれた。東大での解剖が全部終ったのは、午後七時であった。まず、死体外部の所見では、多く背中のところに、淡紫紅色の死斑《しはん》があるのが共通したいちじるしい特徴だった。これは、青酸中毒死と、凍死の場合などに多い特徴であり、血液も、鮮赤色流動性を呈している。これも青酸中毒死の特徴の一つである。ほかに死因なしと認められた。

　胃内容物には、明らかに青酸が認められる。したがって、飲んだ毒物が青酸であることは間違いなかった。ただ、青酸と何との化合物であるかが問題であった。さらに胃内容物を濾過《ろか》した液について、いろいろな反応検査が行なわれたが、カリとナトリウムしか検出されない。カリとナトリウムとは食物に含まれているものだから、胃の中にはたいてい存在するものである。しかし、ほかに何物も検出されないところから、結局青酸カリ、または青酸ナトリウムというものに間違いない、と推定された。

四

捜査は、相当な困難が予想された。しかし、当然のことに、これだけの犯罪には必ず未遂がある筈《はず》だ。まず未遂を探すべきだ、と主張したのは江田捜査係長であった。

係長の着眼は当った。確かに未遂はあったのである。翌二十七日、丸の内警察署長から、同署員の聞込みとして、次のような報告があった。帝銀椎名町支店の事件から一週間前の、一月十九日午後三時五分頃、新宿区下落合四の二〇八〇三菱銀行中井《なかい》支店に、五十歳前後の品のいい紳士風の男が訪れ、支店長の小川泰三《おがわたいぞう》に、厚生省技官医学博士山口二郎《やまぐちじろう》、東京都防疫官と印刷した名刺を出し、都の衛生課から来たが、ここの御得意さんから、七名ほどの集団赤痢が発生したので、進駐軍が車で消毒にきたが、その会社の一人が、今日この銀行に預金に来たことがわかった。それで、銀行の人も、現金、帳簿も各室全部消毒しなければならない。今日は現送はあったか、と訊《き》いた。支店長が、現送は無いことを答え、預金に来た者の会社の名前を聞くと赤痢が出たのは、新宿区下落合の四の二一三〇、井華《せいか》鉱業落合寮で、そこの責任者の大谷《おおたに》という人がここに来た筈だ、と山口と名乗る防疫官は、言った。支店長は、井華鉱業とは取引はないのだがと否定したが、念のため行員に調べさせると、取引先の大谷某が、六十五円預金したことがわかった。支店長は、この間違いではないか、と男に見せた。男はそうかも知れない、いま自動車でそこを消毒しているが、五、六分でここに来ることになっているから、と言って、折から、行員が小為替《こがわせ》類をまとめて、本店に運ぼうとしているのを止めた。

支店長は言った。

「一枚のことでそんなことをされては困ります。その為替を消毒するだけにしてもらいたいのですが」

男は抗議を認めた。

「私もそう思います。では、一応、これを消毒して置きましょう」

彼は、肩に掛けていたズックの鞄《かばん》の中から、小さな瓶を取出し、その瓶に入っていた、無色透明の液体を、その小為替の、裏表全体にふりかけた後、それを戻した。

「これでいいと思いますが、ＭＰがやかましく言ったらまたあとできます。もし、来なかったらば済んだものと思って結構です」

要領のいい、落ちついた言葉だった。彼は帰った。

男の服装は、黒味がかった鼠色のオーバーに背広の三つ揃、ソフトをかぶり、黒短靴をはいて、オーバーの右腕に白い腕章を巻いていた。人相は、五十歳を少し出たぐらいの、中肉丸顔で、頭は五分刈りが伸びて、それに白髪がまじり、左か右の頬の下のところに、おできの治療の痕《あと》らしいものが一つあった。これは支店長が、話を訊きに来た捜査員に証言した言葉である。この事件は当時、実害がなかったため、銀行は警察には届けなかったのであった。

三菱銀行中井支店での未遂事件が報告された同じ二十七日、品川警察署長から、さらに一つの未遂事件が、山村《やまむら》刑事部長宛に報告された。

それは、前の年、つまり、昭和二十二年十月十四日の出来事で、狙われた銀行は、品川区平塚、安田銀行荏原《えばら》支店だった。その午後三時過ぎ、閉店直後の同銀行に、一人の男が現われ、渡辺俊雄《としお》支店長に、厚生技官医学博士松井蔚《まついしげる》、厚生省予防局、という名刺を出した。支店長が会うと、彼は言った。

「茨城の水害で悪疫《あくえき》が流行したので、現地に派遣され、くたくたに疲れて帰ってきた。ところが、今度は、水害地から子供を連れて小山三丁目のマーケット裏の渡辺という家に避難してきた夫婦者が、赤痢にかかり、そこから集団赤痢が発生したので、消毒のため、ＧＨＱのパーカー中尉と一しょにジープで来た。調べてみると、きょう午前中、そこの同居人が、この銀行に預金に来たのがわかったので、この銀行のオール・メンバー、オール・ルーム、オール・キャッシュ、またはオール・マネーを消毒しなければならない。金も帳簿もそのままにしておくように」

ものの言い方は、威張った風ではなく、かえって叮嚀《ていねい》なくらいである。

この「くたくたに疲れた」という言葉を、支店長は「コタコタ」という風に、訛《なまり》めいて聞いている。

しかし、渡辺支店長は、慎重だった。彼はこっそり小使を、近くの平塚橋交番に行かせて問い合わさせた。交番の巡査はこの訴えを聞いて、さっそく自転車で小山三丁目あたりを探し回ったが、赤痢が出たような家がない。巡査が、銀行に行くと、その男は支店長の前にまだ立っていた。巡査の質問に男は答えた。

「そんな筈はないですよ。確かに三丁目のマーケットのところに進駐軍の消毒班が来ています。警察が知らないことはないでしょう」

落着いた態度で、語調もしっかりしたものである。首を傾《かし》げたのは巡査の方である。もしかすると、自分の間違いかもしれない。巡査は再び、確かめるために銀行を去った。

巡査が出たのを見送って、男は支店長に向って言った。

「予防のため全員これを飲まなければなりません」

救急袋のようなズックの鞄から、高さ三、四寸、茶褐色の瓶と、無色透明の瓶をゆっくりした調子で取出した。それから、支店長、行員二十九名を集めて、各自の茶碗《ちゃわん》に、まず茶褐色の瓶から、茶褐色の液体を、およそ一・五ccばかり入れ分け、自分で飲んで見せたのち、全員に飲ませ、さらに二番目の液も飲ませた。のちの帝銀椎名町支店のときと同じである。

「もう消毒班が来そうなものだ」

この作業が終ると、男は呟《つぶや》きながら、なお十分ぐらい立っていた。

「遅いからちょっと見てくる」

と言ったのは巡査のことである。彼は通用口の方へ歩いて消えた。それきりである。再び、その姿は戻って来なかった。

そのときの最初の液は、醬油《しょうゆ》をうすめたような、渋みのあるえごい味で、二番目は水のようだった。飲んだ人たちは、あとでやや気分が悪かったという程度で、そのまま仕事を続けたのである。しかし、渡辺支店長と、市川《いちかわ》支店長代理は、巡査の報《し》らせで赤痢の出た事実が無いのを知り、不審に思って荏原署に出頭して、両人は為賀《いが》警部補に、事情を話した。警部補が名刺によって厚生省に問合わせたところ、松井蔚博士は実際に居ることがわかったので、その名刺を利用して何かたくらんだものと考えた。警部補は捜査主任に連絡して、ふたたび小山三丁目付近や、銀行を調べたが、別に実害はなかった。何のために男がそんなことをしたのか見当がつかないのである。荏原署では、概要メモと松井蔚の名刺を保存していた。帝銀事件に黒い影の役目をしている松井名刺は、荏原署の粗末な綴込《とじこ》みの中にこうしてひそんでいたのである。

この二つの未遂事件によって、捜査陣は俄《にわ》かに活気づいた。もはやこの二つの事件と、帝銀事件とが同一人物の仕業《しわざ》であることは、間違いなかった。しかも二枚の名刺という物的証拠、三十人を越える目撃者が現われ、一枚の名刺は実在の医学博士のものでさえあるのだ。捜査当局が犯人は案外早くつかまりそうだと意気込んだのも無理はなかった。

すると、そこへまた、もう一つの銀行から、さらに新しい事実が追いかけるようにしてあらわれた。

帝銀事件から二日後の、一月二十八日午前十時、ようやく被害金品が確定して、盗まれた小切手を手配したのだが、まもなく、安田銀行板橋支店長から、その小切手が捜査本部に届けられた。

それは、振出人森越治《もりこしおさむ》、金額一万七千四百五十円、振出日一月二十六日、番号B〇九二一六。裏書には「板橋三の三六六一、後藤豊治《ごとうとよじ》」となっていた。まさしく、事件発生の直前に後藤豊治が、帝銀椎名町支店に預け入れた小切手なのである。犯人、或《あるい》は、共犯者は、大胆なことだが、事件の翌日の午後二時四十分ごろ、この小切手を、安田銀行板橋支店の窓口に来て、現金に替えて行ったのである。

当然のことに、捜査本部は思わず机を殴るくらいに口惜《くや》しがった。この小切手さえもう少し早くわかっていたら、犯人は簡単に逮捕された筈《はず》なのである。小切手は、事件より約二時間前の二十六日午後一時半ごろ、後藤さんかたの店員、池田《いけだ》という人が預けに来て、生き残った田中行員が受取ったものの、窓口の忙しさに追われて、伝票に書込んだまま置いてあったのである。捜査員が田中行員から最初の情況を聴き取りの際、この小切手のことを聞いたら、すぐに有無を調べて、手配することが出来た筈であった。

このことで、田中行員は、そのとき病院で、たしかに小切手のことを話したと言っているが、大村捜査主任は、全く聞かなかった、と言っている。ともかく、この小切手は、捜査陣を残念がらせはしたが、また同時に喜ばせもした。それは、犯人の筆跡という重大な証拠が手に入ったからである。裏書「後藤豊治」の右に書かれた「板橋三の三六六一」という八文字だった。当人の後藤豊治は住所を書かなかったので、たしかに彼の住所と違っており、こういう番地は板橋三丁目には無いのだから、実際に犯人が、思いつくまま、でたらめを書いたのである。

そこで、安田銀行の板橋支店に現われた男の人相、風体について調べた。同行支店長代理田川敏夫《たがわとしお》は、「その男は五尺三寸前後で、肩は丸味をおび、厚みがあって、猫背ではなく、着ぶくれたような感じだった。ラクダらしい格子縞《こうしじま》の白っぽい一枚生地《きじ》のハンチングをかぶっていたが、そのハンチングは、後のほうが立って見え、新品らしかった。オーバーは茶色で、帽子が合の派手なものなのに、茶色の厚ぼったい冬オーバーを着ているのが、いかにも不釣合いで印象に残った」と述べた。そのうえ、その男は、太い黒縁の薄茶色の色眼鏡を掛けていたが、これも変装用に近所から買ったものらしいので、その買入先を洗えば、またあらたな捜査のヒントがつかめるかもしれなかった。靴はこのときは、黒の汚れた短靴をはいていた。

銀行員の話では、男の来た時刻は、行内は客でかなり混雑しており、男は、出納係の窓口近くのカウンターにもたれて、五分ぐらい待たされたが、人相は帝銀犯人そっくりで、オーバーの襟を立てて、顔をかくすようにし、足踏みしたりして落着きがなく、そのくせ表面は薄笑いして、わざとらしくゆとりを見せていた。また、出納係に、裏書人の「後藤さん」の名を呼ばれても、二、三回は気付かず、あわてて返事をして金を受取ると、算《かぞ》えもせずにポケットにねじこんで立去った、というのであった。

犯人が、三つのうちどの現場にも一人で現われているのに、金を取りに来るときだけ他人を使うということは考えられない。筆蹟《ひっせき》も、犯人の年齢、教養の程度と一致する、というみかたから、小切手を現金に換えた男も犯人自身、したがって筆蹟を犯人のものとして捜査することに、捜査当局は方針を決定した。

四つの銀行に現われた男が全部同じ犯人だとすると、その男は、言葉にあまり特徴的な訛《なまり》がないこと、服装や態度も田舎《いなか》臭くないこと、三つの現場の選びかたが、地方からの上京者にしてはアカ抜け過ぎていること、しかも帝銀から、安田銀行板橋支店へと、一日で靴からオーバーまで変えて現われている点などから、捜査範囲を、犯人は都内在住者、という見込を立てた。

そこで、安田銀行板橋支店に、同じ時刻ごろいた客の中から目撃者を探すため、聞きこみを行なう一方、都電に乗ってきたということが考えられるので、都電巣鴨《すがも》営業所に、その男の人相を書いた紙を貼出して、運転手や車掌の協力を求めた。それには、人相、風体の後に、請負人風、としてある。

大体の捜査の方向は決まった。山村刑事部長自身が、捜査の直接の総指揮官となったのも前例のないことである。警視庁として初めての、総合捜査本部が本庁に設けられ、刑事部長は全国的な情報収集、および企画の総元締となった。黒原係長が、このほうの実際の指揮官となった。また目白署の捜査本部もそのまま置かれ、このほうは、聞き込み、地取りなど、基本捜査の実動部隊の拠点として江田係長が指揮を取った。

警視庁刑事部各課は、ほとんど全力をこの事件に集中した。管下全警察はもとより、全国の警察機関の積極的協力を求めた。捜査も前例のないくらい大規模に膨《ふく》れた。

基本捜査資料の調査班は、それぞれ全国に作られた。特別捜査班には、捜査二課から、明智《あけち》警部補班が応援に出たりして、三千通に上る投書について、各署から、巡査部長一名を動員、百二十名が、いちいち投書について、徹底的に洗いにかかった。二万の警官が休日を返上して、大捜査陣が布《し》かれたのである。基礎捜査の第一歩は、被害金品の確認だが、事件の翌々日になって、ようやく判明したとき、犯人はすでに小切手を現金化し、逃走したあとだった。盗難小切手の発見がもっと短い時間にわかったら、無論、犯人は捕まっていたのである。

大事なのは、未遂事件に使った二枚の名刺である。安田銀行荏原支店で使った、松井蔚の名刺は、実際に実在する、厚生省東北地区駐在防疫官、医学博士松井蔚の、ほんものの名刺で、博士が二十二年三月、宮城県庁地下の印刷所で百枚作り、帝銀事件直前まで、六枚残して使った、九十四枚の中の一枚であることがわかった。

また、三菱銀行中井支店で使われた、山口二郎の名刺は、その前々日の、一月十七日、犯人らしい男が、銀座八丁目の露店印刷所、斎藤《さいとう》某かたで、百枚七十五円であつらえ、翌日午前中自分で受取ったことが、当人の斎藤が新聞を見て、事件から二日後に、港区芝巴町交番に届出たことからわかった。しかし、捜査当局も慎重である。帝銀で使ったのは、これとはまた別な名刺とみて捜査が進められた。それから、現場付近の聞き込み、指紋、遺留品捜査などが徹底的に行なわれたが、これはたいした収穫はなかった。

このように、基礎捜査に基く本格的捜査として、まず補助資料の収集が行なわれた。犯人が、小切手を現金化したとき着用していた色眼鏡とハンチングは、犯行後、変装のため新しく買ったものと考えられるので、帽子屋と眼鏡屋を虱《しらみ》つぶしに洗うこと、山口二郎の名刺をほかに使ったことがあるかもわからないので、各種の接客業者について調べること、そのほか、伝染病発生に関する情報を得ようとしたもの、進駐軍はじめ、各地方庁や、市町村防疫関係者、水害地の防疫に従事したもの、犯人のはいていたという、飴色《あめいろ》ゴム靴の配給系統、青酸カリを作ったり、売ったり、使ったりする仕事に従事するものなどを洗うことだった。

犯人が帝銀の現場で言った、進駐軍中尉ホーネット、あるいはコーネット、または安田銀行荏原支店ではパーカー中尉と言っているが、ホーネットとパーカーは、進駐軍の防疫係を前に実際にしていたことがわかり、この両中尉の防疫に関係したものの調査も進められた。

また犯人が、相田方の井戸が原因で集団赤痢が出たと言った、その相田という家は、同銀行から約八十メートル離れた、長崎二の一七にあり、実際に、主人の相田小太郎《こたろう》が、事件より五日前の、一月二十一日に発病、発疹《はっしん》チフスと診断されたため、事件当日、犯人が銀行にあらわれるちょっと前に、進駐軍公衆衛生課の、アーレン軍属と、豊島区役所の衛生課員が、消毒に行っていたことがわかり、しかも、相田方にある井戸は、近所七軒が共同で使っているが、その井戸は、ちょっと通りがかったくらいでは見えないようになっているので、これらのことを知っている以上、その付近の事情には特に明るいものである、との見かたが強くなり、付近の居住者や、出入者、前に住んだことのある者などについて、捜査に重点が置かれた。

同時に、ほかの、未遂の現場についても同様、いわゆる土地カンのあるものに対して、捜査が行なわれた。特に犯行の翌日、靴からオーバーまで変えて、小切手を引出している点などから、わりあいに近いところに生活の本拠を持つ、という見かたが出てきたわけである。

そのほか、現送、という言葉を使ったり、犯行にもっとも都合のよい時刻を選んだ点などから、銀行事務に経験のある者、琺瑯質《ほうろう》、中和剤などと言ったり、薬を分ける手付のあざやかなところから、医師、歯科医師、獣医、薬剤師など、いわゆる消毒や、薬の扱いに馴《な》れた者、という線でこれが重視され、これらの仕事にたずさわる人で四十歳以上の者は、ほとんど一応は身辺を洗われたのであった。

生残った帝銀支店の四人の人たちは、二月四日に退院すると、それから二ヵ月ぐらいの間は、毎日警視庁に出勤して、手口カードの人相写真を調べたり、浅草、上野、新宿など、都内の盛場を、刑事と一緒に、犯人の顔を求めて歩いたりした。

五

既に事件後一週間を経《へ》た。このころになると、捜査本部もだいたい、こんな輪郭《りんかく》の顔、という簡単な人相を発表したが、これでも、そうとうに密告などがあって、なかなか反響がある。さらに精密な人相写真で、広く一般の協力を得たら、もっと効果があろうと思いついた。

そこで当局は、文京区に住む、似顔画家として有名な小川虎治《おがわとらじ》を訪れて協力を求めたところ、小川氏も喜んで協力を申し出た。三つの銀行、三十三名の目撃者の意見をきき、実在の人物の似よりの写真六枚を示して、目撃者の感じを説明して作製を依頼した。

小川氏の製作方法は、写真修正用のエアー・ブラシで絵具を吹きかけ、出来上りは写真と同じような効果を出す、エアーログラフというやり方だった。まもなく第一回の作品ができて、これを三十三名に見せると、ちょっと似ているが若過ぎる、ということになり、四月十五日、捜査本部は、小川氏と、三菱銀行元中井支店長小川泰三、安田銀行荏原支店長渡辺俊雄、三菱銀行元中井支店守衛関口徳郎《せきぐちとくお》の三人を会わせて、直接の感じを説明させた。さらにこの間、小川氏は各銀行を回って、行員から資料を集めた。こうして決定版が二種類できたので、見せると、二つとも良く似ている、という答を得た。

右の似顔絵を小川氏に依頼する一方、警視庁鑑識課でも、写真係の高村巌《たかむらいわお》が主になって、モンタージュ写真を作った。高村係員のほうの写真の土台になったのは、ある会社の社長の顔である。この人が、どうも人相的に似ているとどこに行っても言われるが、私の顔がそんなに似ているなら、お役に立てたいと申し出たのである。目撃者にその写真を見せると、輪郭はだいたい似ているが、目だけが違うと言うので、目を、別の人間の写真から取って、つけ替え、第一回のものが四月にできた。

さらに、これに三回の修正を加え、都合三枚を目撃者に見せたところ、だいたい違わないという答を得た。しかし、帝銀生存者のうち二人は、警視庁作製のものがいいと言うので、これを五月四日に、各警察、および、各地方の警察に配布し、新聞にも決定版を発表した。わが国犯罪捜査史上、最初のモンタージュ写真である。

この人相写真は、全部で十五万枚が全国にばらまかれ、それによって四千四百人の似よりの人物の顔が、捜査本部に集まり、その半分は民間からの密告であった。都電の中で調べられた某著名作家や、商売があがったりだとこぼす者など、全国いたるところに、人違いの悲喜劇が繰り返された。

一方、犯人が毒を飲ましたときに使った瓶、ピペット、医療器ケースなどの正体を突きとめるために、鑑識課の技師が、被害者を連れて、医療器具店や、瓶問屋を片っ端から調べて歩き、三ヵ月かかって、ようやく類似品を見つけ出した。それによると、いずれも戦前に出来た良質のものらしく、特にピペットと、医療用ケースは、軍で多く使っていたものらしかった。このピペットは特殊なもので、生化学や、分析化学関係のような、或《あるい》は細菌学上の実験、軍関係の研究所などのほかは、あまり一般には用いられないものだった。さらに、そのピペットを入れて来た医療器ケース、瓶類は、戦後にはいずれも良質のものは生産されていないのに、生存者の話の様子では、そうとう良質なものらしいので、おそらく戦争初期のものと思われた。

このような、細かい点に関する捜査は、全部で六十数項目に及んだ。たとえば、腕章に鮮やかに描かれていた、東京都の赤いマークとか、これも素人が筆で描いたにしては、うま過ぎるし、マークの形も本物そっくりなので、おそらく型紙を使ったのだろうと、その型紙の捜査まで行なわれた。こうして、捜査はしだいに長期戦の態勢に入ったのである。

このような情勢の中で、松井博士の名刺がもっとも有力な手掛りであった。博士自身でなければ、当然、博士が名刺を交換した者か、あるいは、それらと何らかの関係のある人物に違いないのである。

そこで、事件翌日の一月二十七日夜、松田警部補班、塚本《つかもと》部長刑事が、松井博士に会うため、仙台に向った。ところが博士も、自分の名刺が犯行に使われたことを新聞で知って、部長刑事一行が仙台に着いた二十八日朝、すれ違いに仙台を発《た》って、東京の捜査本部に出頭した。

この名刺の特徴は、蔚のクサカンムリと、尉とを別々にくっつけたものであることで、警視庁鑑識課の写真係で写真鑑定したところ、間違いなく、博士が、二十二年三月二十五日、宮城県庁地下室の印刷所で百枚あつらえたもののうちの一枚であることがわかった。印刷所でも、当時、蔚という活字がなく、上と下とくっつけ合わして作字した、と証言した。

すると、この犯人は、二十二年三月二十五日から、安田銀行荏原支店でこの名刺を使った同年十月十四日までの間に、同博士と名刺をやり取りした人、または、それと関係のある人物、ということになる。塚本部長刑事らは、仙台に泊りきりで、松井博士宅に保存してあった、交換した相手の名刺、百二十八枚を借りて、交換先を調べはじめた。

この二十二年という年には、八月に、天皇の東北巡幸があったので、松井博士は防疫を受持った関係から、巡幸の道筋を先廻《まわ》りして歩いたので、名刺は、ほとんど東北地方全域にばらまかれていた。博士は几帳面《きちょうめん》な人で、交換した相手の名刺には、たいてい日付を記入してあった。それと、日記にも、誰と会った、ということが記されてあるので、およそ問題の期間に、博士と接触したと思われる人は、毎夜定時通話で、東京の捜査本部に連絡され、そこからさらに、それらの人の居住地の警察に、無電で手配されて身辺が調べられた。

たいていの人は、交換した名刺を、せいぜい名刺帳に保存するくらいで、日付まで書き込みはしない。捨ててしまうのも多いのである。もし、松井博士がこのように珍しいくらい几帳面でなかったら、テンペラ画家平沢貞通《ひらさわさだみち》は事件の表面に姿を現わすことはなかったかもしれない。

松井博士の出席した宴会のメンバーでも、すべて調べられた。そして、それらの人の手元にある、松井博士の名刺を全部回収し、その中から、問題の百枚に属するものを択《よ》り分けた。百枚のうち、博士が使わずに、自宅に残しておいたのが六枚、博士自身が、仙台の市電の中で掏《す》られたのが一枚あるので、他人と交換したのは、九十三枚ある筈《はず》だった。

三月に入って、松田警部補がほかに転じたので、古志田《こしだ》警部補が代って名刺捜査を担当することになった。事件捜査の主役、古志田三郎《さぶろう》警部補が粘《ねば》り強い性格でここに初めて登場するのである。その月の終りには、松井博士の持っていたものを含めて、六十四枚が回収され、残りは三十六枚となった。このうち、交換先がわかっているが、その交換した相手が失くしたり、掏られたり、焼き捨てられたりして、手元に持っていない、いわゆる事故名刺が十七枚あった。そして、残りは依然として、交換先が不明だった。六月までかかって、けっきょく交換先不明のものは十一枚、というところまで追いつめた。

六月早々、名刺班は最後の仕上げに、事故名刺の主を徹底的に洗うため、古志田警部補、およびほかの五名の刑事が二週間後に仙台で落ち合うことにして、東北、北海道の各地に散って行ったのである。

けっきょく、この名刺捜査の結果、松田、古志田両警部補の八月二十三日付報告書では、松井博士の手元に残ったものが六枚、ほかから回収したもの六十二枚、事故名刺二十三枚、行方不明八枚と報告された。

松井博士自身も、かなり厳しく調べられた。人相や年齢も、だいたい被害者の申立に似ており、当時、予防局長ともうまくいっていなかったらしい。そこへ不運なことだが、松井博士は南方で二、三百人殺しているという、差出人不明の投書が、捜査本部に舞込んだ。一時は、博士自身が犯人ではないかと、疑いさえかけられたぐらいである。しかし、これはアリバイがはっきりしている上に、上京してきたところを見ると、頭髪が長く伸びているので、あっさりと疑いが晴れた。しかし、博士が犯人を知っているのではないか、ということについて、そうとう強い取調べが行なわれた。

このことは、博士の戦時中の経歴が、毒殺と深い関係があったからである。松井博士は宮城県生れで、東北大学を卒業して、同大学の助教授までつとめてから、衛生行政官に転じ、昭和十七年十月に、陸軍司政官となり、第二十五軍軍政監部衛生課長として、シンガポール、スマトラなどの医務管理、防疫衛生の指導、上水道、マラリヤ対策などの指導を受持っていたが、そのかたわら、軍の防疫給水班をやった。この防疫給水班というのは、純然たる軍の仕事で、軍の謀略部隊と密接な関係があった。博士は犯人を知ってはいないが、旧部下の中に、このようなことをやりそうな男が二、三こころあたりがある、というので、できるだけ協力することを約束して、二月初に仙台に帰った。この取調べの厳しさに、松井博士は泣き出したほどである。

仙台では、松井博士の交換名刺百二十八枚を調べていた名刺捜査班は、まもなく、平沢大暲という名の名刺を見つけ出した。捜査員は、これは、いかなる人物かと訊《たず》ねた。博士は答えた。

「昭和二十二年四月二十五日に北海道に出張して、その帰り、二十六日か七日に、青函《せいかん》連絡船景福丸の一等船室で乗合せた。なんでも、『春遠からじ』とかいう、皇太子殿下への献上画を持って上京するところだとか言っていたが、人相などははっきりおぼえていない」

この証言は捜査本部の、当時在任中の松田警部補に報告されると、早速交換した名刺を回収しに、刑事が中野区宮園《みやぞの》通りの、平沢家を訪ねたが、主人の画家は北海道に旅行中で、留守居の妻マサさんには、名刺のことはわからない、という返事だった。そこで、二月八日に小樽《おたる》市署に捜査方を依頼した。同署の坂井《さかい》部長刑事らが、同市の色内町の父親の家に来ている、平沢貞通を訪ねて調べた結果、平沢の返事として、

「松井博士と名刺の交換はしたが、その名刺は二十二年ごろに、三河島《みかわしま》駅の待合室で、手提鞄《てさげかばん》に入れておいた財布ごと盗《と》られ、同駅前交番に届けて置いた」

と言う報告があった。荒川署で調べると、当時たしかにその被害届が出ていたこともわかった。しばらくして中野の家を訪ねると、まだ留守であった。ところで、小樽署の調べでは、掏られた松井博士の名刺には、裏に住所が書いてあり、また平沢大暲自身は、帝銀事件前後、一月二十一日から同二十八日までは、日本橋三越で開かれていた、日米交歓水彩画展の会場に毎日行っていたと言っている。人相も角

張った顔で、犯人の人相には似ていない、という報告が三月二日に届いた。その後も平沢方の留守宅を調べたが、雪景色を描きに行ったから、四月に帰るだろう、という答で、五月に訪問すると、こんどは父の病気が悪化したので、帰京は延びるかもしれない、ということだった。

しかし捜査本部は、平沢大暲と言えば、文展無鑑査の大家で、一等船室で、献上画を持ってくるような一流大家であることと、そして当時ようやく捜査の主力が、軍関係に向けられはじめ、画家などにこれだけの犯罪ができるとは考えられない、として深くは追わず、そのことは、まもなく捜査線上から消えた形になった。

こうして、画家貞通の名は、すでに名刺捜査の初期において、一度捜査線上に浮んでいたのである。しかし、警視庁の捜査の主流は、当時、軍関係の追及にあった。このことに専《もっぱ》ら精力を注ぎ、多忙であった。平沢画伯のことは、たいして怪しみもせず、取上げなかった。だから名刺捜査班の地道で執拗《しつよう》な追及は、捜査本部からみると、あまり当てにしていない冷たい傍流であった。この傍流は、五月の末、十七枚の事故名刺のうち、特に疑う余地のない数名の人を除いた残りの十名余りを、もう一度調べ直す目的で、いわば名刺捜査の最後の仕上げに、東北、北海道へ三班に分れて地味に流れていた。六名の名刺捜査班のうち、古志田警部補と、福留《ふくどめ》刑事は小樽に向っていた。

最初、この一行が、平沢方の住所、小樽市山ノ上町に行ったところ、色内町に越したというので、道を尋《たず》ねながら、平沢方に辿《たど》り着いたのは午前十時頃だった。平沢方は、小樽駅の正面の道をだらだらと一町ほど南に下って、右へ曲ったところの小さい路地にある。警部補は、絵描きのことだから、絵を描いている最中かもしれないと思い、もしそうなら、せっかくの気分をこわしてはいけないと思って、まず近くのミルクプラントに勤めている、平沢貞通の弟、貞敏《さだとし》を訪ね、名刺を出して、兄さんは何をしていますか、と聞いた。赤ら顔にチョビ髭《ひげ》をたくわえた、がっちりした体の弟は、何もしておりません、とごく自然に答えて、家のほうに案内した。

家は、北海道に多い、トタン葺《ぶき》の煤《すす》けたバラックに近い二階建で、弟の貞敏は、警部補を玄関に待たして二階に上がった。玄関で、ちょっと待ってくれ、と二階に上がったきり、なかなか降りてこないので、何もしていないというのに、どうして待たせるのだろう、と警部補はこのとき思った。わざわざ東京から来たのに、都合が悪いなら悪いで、なんとか言いそうなものだと、なんとも思っていなかっただけに不思議に考えた。玄関で六、七分ほど待ったところ、弟の貞敏が降りてきて、どうぞ、と言うので、二階に上がると、平沢貞通は絵を描いていないで、両親を紹介した。両親とも元気で、母親はお茶を出し、父親は火鉢にあたっていたが、いずれも丈夫そうである。中野の家では、北海道に雪景色を描きに行ったということであり、父親が重態で帰らないと言ったのに、これは妙なことだと古志田警部補は考えた。

最初、六畳の間で挨拶《あいさつ》されて、八畳の間に案内されたけれども、平沢大暲は八畳の床の間には絵具や絵筆をならべ、カンバスを据《す》えて、シャボテンのような絵が描かれてあった。ところが、絵はからからに乾いており、筆も濡《ぬ》れていない、水彩画であるのに水もなく、これはいま描いたものでないことは明らかである。忙しいのだから、早く帰れと言わんばかりに、わざとそうしているようにも取れたので、おや、と古志田警部は思ったことである。

六

古志田警部補は、それとなく向い合っている平沢画伯の顔を観察した。おどろいたことに、手配の人相写真にそっくりである、質問すると、画伯は、事件当時東京にいたこと、松井蔚博士と名刺を交換したことを、はっきり答えた。平沢大暲は、松井博士と名刺交換の際、裏にインクで住所を書いてもらったとも言った。

この名刺のことを訊《き》いたとき、ちょっと興味のあることがあった。平沢画伯は、しばらく考えて沈思していたが、急に膝《ひざ》を打つと、顔をあげて、

「ああ、われ老いたり」

と記憶力の減退に嘆声を発したのである。冗談ではなく、本気にそう叫んだのである。警部補は眼を瞠《みは》った。

そのうち、彼はこう言い出した。

「私も早く東京へ帰りたいのだが、父が明日にもポックリ死にそうで、六月ごろがいちばん危いということだから、最後の孝養をつくしたい」

これは、血色もよく、元気そうな父親を前にしての話である。何の必要あってそのようなことを言うのか、警部補には判らなかった。そのうち、話はテンペラ画の話に移ると、彼は自分の描いた皇太子への献上面「春遠からじ」と題をつけた風景画の写真の出た新聞の切抜きを見せた。

「これは、昔チベットに起った技法がイタリアで発達し、ヒスイやメノウを粉にしたものを卵で練って絵具に使う、これをイタリア語で、スッテンペラリーというので、略してテンペラというのです」

と画伯は自慢そうに言った。警部補は絵画には素人《しろうと》である。そんな高価なものを使って絵を描き続けることはできまいと彼はこの講釈を信用できなかった。そこで、帝銀事件当日のことに触れようと思って、まず、

「帝銀事件をどういう機会にはじめて知りましたか」

と訊ねた。平沢画伯は、眼を輝かし、一月二十六日は特に印象が深い、と元気に

言った。

「三越で開かれた日米交歓展で、後援者の一人に会う約束で、朝から会場でその人を待っていました。事件は翌日ラジオで知りましたが、なにも人を殺さなくてもと思いました。展覧会は二十一日から二十八日までで、時間も朝九時ごろ家を出て、午後四時まで会場にいました」

画伯は喋《しゃべ》った。これも、聞きようによっては、自分からアリバイを強調しているようにもとれた。

一度疑い出すときりがない。名刺交換の際の模様を聞いたとき、記憶がはっきりせず、平沢が、「われ、噫々《ああ》老いたりや」と膝《ひざ》を叩《たた》いた芝居がかった動作も、皇太子への献上画の写真の出た新聞の切抜きを見せたのも、すべて警部補の疑念を増すのに役立つばかりであった。先生の写真は無いかと訊くと、大人になってから撮《と》ったことがない、という返事で、これほどの大家が、写真が一枚もないというのもおかしいと質問者は思った。名刺のことになると画伯はこういうのである。

「船の一等室に五人入れられ、松井博士は、ソファに寝かされてブツブツ言っていたので、ボーイに湯を持ってこさせて、持参のコーヒーをいれてすすめ、そこで名刺を交換しました。その名刺は、八月十二日、三河島で財布ごと掏《す》られました。自分は人から貰《もら》った名刺はいつも財布の中に入れておき、四、五枚たまるとまとめておく習慣です」

古志田警部補は訊いた。

「では、その財布にはほかにどういう名刺が入っていましたか？」

これには答えがなかった。今まで饒舌《じょうぜつ》な画伯は、それには黙っているのである。

警部補は作戦を変えた。彼は絵の話などしながら、平沢の左三尺ぐらいのところに近寄って左頬を見た。色黒の頬に、人相書にあるような茶色のシミを二つ発見したが、三菱中井支店の小川支店長が認めたという顎《あご》の傷痕《きずあと》は確認できなかった。しかし、これだけでも収穫であるから警部補の胸は躍った。それからさりげなく、死んだ弟の命日というのでしるこのご馳走《ちそう》になり、平沢の気分を油断させるためわざと、犯人は陸軍の衛生兵上がりらしい、というようなことを話して、午後一時ごろ同家を辞去した。

一しょについてきた福留刑事が、平沢大暲の話術に感じいって、これは、別に疑いを持っていない様子に見えた。古志田警部補には、それが分ったので、平沢方を辞去して小樽市署に行く途中、疑わしいいろいろなことを話して、顔のシミにいたっては犯人に間違いないと強く言った。福留刑事は、びっくりしたような顔で警部補を見ていたが、そう言えば、私が便所に行ったとき、廊下に国防色の肩掛鞄《かばん》も下がっていた、と相槌《あいづち》をうった。小樽市署で、前に本部からの照会で平沢方を調べた、坂井部長刑事に人相書を見せた。

「これは似ていますな。これを前に見ていれば、もっと別の視点があったでしょう」

部長刑事は同感して言った。

そのあとは、福留刑事と、札幌《さっぽろ》、旭川《あさひかわ》、岩見沢《いわみざわ》、幌内《ほろない》、登別《のぼりべつ》、室蘭《むろらん》などの、松井博士が出張して泊った個所を訪ねて調べたが、別に容疑者は見当らず、十日後の六月十三日、ふたたび気にかかる小樽に帰ってきた。今度はなんとかして写真を手に入れようと思ったのだ。当人の手もとに無いというならば、こちらで撮るほかない。小樽市署の主任とも相談して、当時稲穂町の「すし芳」という家に平沢画伯を呼んで、自分の持っていたカメラで撮ることにした。十一時過ぎごろ、坂井刑事を平沢方に迎いにやると、外出しているが、昼食を持たずに行ったから、まもなく帰るだろう、というので、警官たちだけが先に、ちらし丼《どんぶり》を食べて待っていると、一時ごろに平沢貞通が、ひょっこりやってきた。彼は、二階に上がってくると、そこには、制服を交えた刑事が五名もいるので、平沢は一瞬びくっとした表情をした。古志田警部補はやさしく彼を招じ入れた。平沢は、食事はすましで来たというので、お茶やお菓子を食べながら、刑事たちは、かねて打合した通り、テンペラ画のことについて、おだてあげるような話を持出したところ、やがて、得意げに三、四十分話を続けた。そこで、ころあいを見て計画通り、福留刑事が、折角、こういう立派な先生とお近付きになったのだから、記念写真を一枚撮らせてくれませんか、と言い出した。それへ古志田警部補は打合せ通りに、初めて会った方に、そんな失礼なことを言うものではない、とたしなめた。福留刑事は、いや、われわれはまたいつ北海道にこられるかわからないのに、せっかくカメラを持ってきて、まだ一枚も撮っていないではないですか、と言った。小樽市署の刑事たちも、写真がいちばん記念になる、と口添えをした。それから話が変って近所の写真のできる人が撮ることになった。古志田警部補は平沢の左後に坐《すわ》ってじっと見ると、シャッターを切るときになると顎を引いたりする。写真は、何度も、障子で反射を利用したりして撮ったが、その度に表情を変えてしまうので、それ以上撮るのは不自然と思った。そのあと、平沢画伯は、言うのを忘れましたが、私の目の中に傷があるのを知っていますか、と言って、右瞼《みぎまぶた》を見せた。が、それらしいものはなく、かえって、顎の下に手術の痕らしい傷がはっきり見えた。これだ、と警部補は打たれたようになった。三菱中井支店の小川支店長が見た顎の傷はまぎれもなくこれだ、と直感したのである。

古志田警部補は、小樽の調べをひと通り終えた。胸が躍っているのである。途中、函館《はこだて》のもう一人の身辺捜査をやってから仙台に行き、そこで、ほかの地区を調べに行った刑事たちと落合い、松井博士とも話し合って、六月十九日に東京に帰ってきた。

一方、捜査本部の主流は、専ら、軍関係の追及の最中であった。名刺捜査は名刺班にまかした恰好《かっこう》だが、それはあまり期待していなかった。どうでもよい、というのが幹部の考えであった。古志田警部補の熱心な行動は主流からは冷たく見られていたのである。事件から五カ月後の、六月二十五日各警察宛に出された捜査指示には、

「犯人ハ医療防疫、薬品取扱、又ハ研究試験ナドニ関係アルモノデ特ニ引揚者ヤ、軍関係ノ医療防疫関係者、及ビ、特務機関員、憲兵ナドヲ最適格者トミナシ、彼ラニ対シ慎重ナ注意ガ向ケラレテイル」と述べられている。

これらの関係者が最適格者と見なされた推定の理由は、まず犯人が、防疫官である松井博士の真正の名刺を入手使用していたこと、犯行の際、防疫の第一線が都の所管であり、「水害地の防疫に行っていた」などと言って信用させた点などで、防疫というものに対する、そうとうの認識の深さを示していること、赤痢など、消化器系統の伝染病予防を口実に、内服薬を使用し、また集団伝染病発生の原因に、井戸、配給のイカ、水害地からの避難者による伝染、というように説明がいちおう合理的であること、特に、特殊な薬品や器具を持っており、その取扱が洗練されていたことなどがあげられた。

　だが、特に軍を強調した理由は何であろうか。これについての捜査本部の推定は次のようなものであった。第一に、犯人は、毒薬の量と効果に、強い自信を持っていたと認められることである。犯人が帝銀で使用した毒薬は、青酸化合物の溶液で、その濃度は五パーセントから一〇パーセント、一人に飲ました量は、だいたい五ccと推定された。この量は、青酸カリの致死量とすれすれの量であり、そこに、犯人が、最少の量でなるべく飲み易くし、しかも目的を達しようとした努力が窺《うかが》われ、特に犯人が十六人を殺すのに、この溶液を、僅《わず》か一二〇cc入り小児用投薬瓶に入れて来て、これを一人に付二cc入りのピペットで二回半足らずを正確に計り出した点から見て、犯人は、これだけで十分目的を達し得るという、薬に対する知識と自信を持っていたことがよくわかるのである。もしこの自信がなければ、大事をとって、もっと濃度を高めるか、液量を増すかして、そこに素人臭い、なんらかのやり損《そこな》いを見せる筈《はず》であるのに、このようにほとんど完全に近いまでに目的が達せられたということは、素人のまぐれ当りとして見逃すわけにはいかない、というのである。

　第二に、犯人は、毒薬を飲ませてから、それが効力をあらわすまでの時間も、深い自信を持っていたと認められる。犯人が用いた第一薬は毒薬、第二薬は水のような、無害の液体と推定された。それから、第一薬と第二薬の間に、一分の間《ま》を設けて、この間飲んだ者を完全に手元に引き付けておいた。この一分間という時間は、犯人にとって、最も重要な、かけがえのない時間であったと思われるのだ。飲ませてすぐ自由にしておいたのならば、そのまま外に出てしまって、屋外で苦しみはじめるかもしれない。また、薬の発効には、どうしても人によって遅速があるから、先に倒れる者があるならば、まだ倒れないものがほかに救いを求めるかもわからない。そうなれば犯人はたちまちつかまってしまう。しかし、一分後に第二薬を飲ましたあとは、被害者を手元から離した。これは、一分間経てばもう大丈夫という自信、つまり、飲んだ人が毒薬と気付いても、もはや、外に飛出したり、犯人に立向ってくることができないほど、薬が回ってしまっている、という自信と計算を犯人はあらかじめ持っていて、犯行を計画したと考えられたのである。

捜査本部が、軍関係を犯人の最適格者と見て追及した第三の理由は、毒薬の飲ませかたであった。犯人は、

「この薬はよく効く薬だが、強くて、歯の琺瑯《ほうろう》質をいためるから、歯にさわらないようにして、こう飲め」

と、自分で舌を出して丸めて、その真ン中に薬を落して、一息に飲みこんで見せた。これは、刺激の強い、飲みにくい薬を吐き出させないように、完全に飲ませるのには、もっとも合理的な指導方法で、特に自分で飲んで見せて、安心感を与えた点などは、水ぎわ立っており、過去における犯人の、この種の経験を暗示する何も

のかが認められると考えられた。

第四は、このように、自分で同じ薬を飲んでおきながら、犯人には異状がなかったという点である。この点については、
①飲んだようにみせて実際は飲まなかった。
②事前に、中和剤、または解毒剤の類を飲んでおいて、毒薬の効力を失わした。
③毒薬を計ったピペットの中に、あらかじめ無害の液を入れておいて、最初にそれを自分の茶碗《ちゃわん》に入れて、飲んで見せた。
④無害と有害との層を作り、自分は無害の層の液だけを吸上げて飲んで見せた。
という四つの見かたが成立する。①の見方は、生存者四人が、舌の上に流すのを見たと証言しており、舞台の手品と違って、三メートルぐらいしか離れていないところから、十六人の注意を十分集めておいて手本を示したのだから、飲む真似だけ、ということはとてもできるものでないと考えられた。②は専門的知識と経験と自信を要し、まかり間違えば自分も命を落しかねないし、しかも青酸の解毒剤というものは一般には無いと考えられていた。③はやや可能だが、失敗の危険が多い。ちょっとでもピペットのゴムが押されれば、あらかじめ入れておいた液は出てしまう。第一薬を吸上げると見せるのにはゴムを押さねばならず、これも困難である。すると、結局、④の方法が最も可能性があると捜査本部では考えたのである。

その方法は、薬液の中に油類を入れることである。そうすると、比重の関係で、薬液は下の方、油類は上層にとはっきり分れる。そこで、上層の、無害の油のところを吸上げて飲んでみせ、あとはかき回して全員に飲ませればよいわけである。生存者の帝銀椎名町支店員田中徳和が、最初の薬はガソリン臭かったと証言し、また第一薬は上のほうが澄み、下のほうが白く濁っていた、と言うものもあったことから、この考えかたには根拠があるとされた。また、軍関係では青酸化合物の溶液を保存する場合、たとえば、青酸カリならば、空気に触れさせると、青酸が空気中の炭酸ガスと入れ替って、表面から次第に無害のものに変化してしまうので、その防止のため、油類を表面に浮かせて、空気との接触を遮断していた、という話もこの線の有力な根拠として取上げられた。

それに、第五には、犯人の用いたピペット、ケースがいずれも軍用のものに似ていることだし、最後に、十六人を一緒に毒殺しようという場合に、指先一つ慄《ふる》わさず、誰にも不審を起させることのないような、落着いた態度をとるということは、素人にできることではない。これも、この犯人の経験から生れた、強い自信によるものだ、と捜査本部は考えた。この経験というのは、軍関係の外に無いという意味である。

七

第二次世界大戦中のことである。新宿区戸山原《とやまがはら》に、陸軍化学研究所というものがあった。兵器行政本部の管轄下にあって、毒薬、毒ガス、火薬、燃料などから、自動車、皮革等にいたるまで、あらゆる兵器、資材などの化学的改良のための研究所であった。これが後に、十一の部門別に分散した。そのうち、川崎市登戸《のぼりと》に移った、第九化学研究所（九研）は毒薬の研究を扱い、戸山原にとどまった、第六技術研究所（六研）は毒ガスを研究した。この二つの研究所では特に青酸の研究も行なわれていたが、特に九研では、いかにして、もっとも飲みやすく、もっとも効果確実で、しかも死後に痕跡《こんせき》を止《とど》めない毒物を作り出すことができるか、というのが主要な研究課題であった。それらの実験には、もちろん、青酸カリも使われた。だからこの関係者は、青酸毒物の人間に対する致死量と時間的効果を、兎やモルモットによる実験からの推定ではなく、人間に対する生《なま》の体験として知っていたのである。

これらの薬は、大陸での謀略部隊、特務機関で使われたが、中でも有力な謀略部隊は、満州のハルビンにあった石井《いしい》中将の率《ひき》いる七三一部隊であった。そしてこの部隊は、名刺の主、松井蔚博士とも関係があったのである。というのは、松井博士が南方で関係していた防疫給水班の母体である防疫給水部は、最初、この石井中将によってハルビンで作られ、それが後に南方各地や、大陸などに分れたのであった。

この関係を調べた警視庁は、名前こそ防疫給水だが、その蔭《かげ》では、この部隊の主体としての謀略活動が行なわれていたことを知った。

この謀略部隊のほかに、謀略を教育するスパイ学校が東京の中野にあった。通常、中野学校と言われるもので、中野の電信隊の中に秘密に設けられてあった。ここでは、放火、破壊、毒殺、細菌、秘密通信法、変装法など、スパイ活動に必要なあらゆる技術が教えこまれていたのである。したがって、これら謀略関係の連中ならば、素人を欺して毒薬を飲ませたり、年齢を十年ぐらい変えて見せたり、顔にシミや傷《きず》痕《あと》を作ったりすることは、わけのないことだったのである。

捜査本部では、その五つの理由から、帝銀犯人はこれらの連中以外にないと考えた。そこで、戸口調査、検証によって、これら部隊や、特務機関の復員者を調べ出すと共に、全国の府県警察にも連絡した。ところが、これらの謀略関係の軍人の中には、大陸に渡る前に戦死ということになって、戸籍面から抹殺され、いわゆる、無国籍者となって出かけたものも多かった。そういう連中は、終戦後内地に帰って来ても、いわゆる生きた英霊で、戸口調査の網にはかからない。このような人たちが、終戦後の日本には数百名あったと言われる。そしてこの人たちは、毒物を人間に飲ました結果については、内地のどんな医学の大家よりも、経験的に、より知識を持っていたのである。

生きている英霊たちはなかなかつかまらなかったが、七三一部隊関係の氏名は相当判明したので、彼らについて徹底的な調査が行なわれた。ある警部補は、その中の佐官級の人物から聞いた話を言っている。

「一般に化学や医学の文献では、青酸カリの人間に対する致死量は〇・一五グラムとなっているが、これは兎やモルモットによる実験から割出したもので、実際に生きた人間に〇・一五グラムを飲ませても死なない。人間の最低の致死量は、体重や年齢により多少違うが、〇・五乃至《ないし》〇・六グラムである。このことは、実際に人を殺したものでなければ知らない筈だ」

そして、これらの専門家の間では、帝銀犯人は、致死量スレスレを飲ましたと考えられた。

学者の間では、毒物の飲ませかたについて、二つの意見が相対立していた。まず、古畑、桑島《くわじま》、中館《なかだて》博士らの法医学者たちは、いずれも、毒物の専門的知識を持たない素人の犯行である、という説を主張した。その理由は、われわれならとても、青酸カリで十六人を一度に殺すなどという無茶な冒険は、薬の性質を知っているだけにできない、というのである。なぜかというと、青酸カリは古くなるにしたがって、空気中の炭酸ガスと、薬の中の青酸とが入替って、表面からしだいに炭酸カリに変化していく。このため、古いものは毒薬としての効果が減少してくる。また、青酸カリの致死量というものは人によって違うし、飲んでから死ぬまでの時間も違う。このように考えてくると、毒物の古さと致死量の個人差、それに、飲んでから反応を起すまでの時間、という三つの関係を究明して、自信を持って飲ませるということは絶対不可能だ。だから帝銀の場合は「素人のまぐれ当り」である。その証拠には、安田銀行荏原支店では、同じく全員が飲んだがなんともなかったではないか、と言うのである。自分で飲んだというのは、飲んだふりをしたか、あるいは二番目の瓶から、こっそり水をピペットで吸上げ、第一薬のように見せかけたのだろう、と簡単に片付けた。

これに対して、一方の、毒殺経験者を調べた捜査陣の意見では、まぐれ当りでこれだけ成功するとは考えられない。飲ませるときの態度や、飲みにくい薬を飲ませるのに、最も合理的なやりかたを自分でやってみせながら、巧みに指導した点、第一薬と第二薬との間に一分間という時間を設けた点などは、素人はもちろん、理論と動物実験による知識しか持たない、普通の医学者には不可能であろうが、実際に生きた人間を同様なやりかたで毒殺した経験を有するものには十分可能だ、と言うのである。

旧日本軍が大陸で、生きた人間に対する試験の結果、毒物の致死量はもとより、飲んでから反応を現わすまでの時間もすべて研究済であったし、集団的に飲ませるやりかたも、帝銀事件の例に似たやりかたもあった、ということである。これこそ、先に述べた五つの理由から、犯人はこの種軍関係者の中にいる、と目をつけたのである。しかし、これは新聞には載《の》らなかった。占領下の当時、新聞はこのようなことを詳しく報道する自由が無かったのである。

そのほかにも、軍が極秘で作った薬はいろいろあったのだから、もしそれらの薬だとすると、その薬を飲んだ死体を扱ったことのない内地の医学者には、事態をつかめないのかもしれない、という考えも起る。犯人が、薬の効果などについて、十分自信を持った毒殺経験者であるとすれば、荏原の安田銀行の未遂をどう解釈するか。これについては、あれは失敗じゃなくて、人を信用させて、一斉に薬を飲ますことができるかどうか、ということだけをためした予行演習である、という見かたが、捜査本部にもあった。

荏原支店のときの様子を、渡辺支店長以下行員たちの、検事に対する証言から見ると、まず、平塚橋派出所の巡査が来たときの犯人の態度が問題になる。渡辺支店長は、巡査が来て、赤痢が出たことは聞いていないが調べてくる、と言って出かけたあとで薬を飲まされた気がするがはっきりしない。そのほかの者は、薬を飲み終ってから巡査が来たと思う、ということを述べている。そして多くの人は、別に犯人は巡査が来ても慌《あわ》ててはいなかった、と証言している。もし犯人が、行員を毒殺するつもりだったならば、そしてそこに巡査が来たらどうだろうか。支店長の記憶の、毒を飲ませる前に巡査が来たとして、その取調べに行っている隙《すき》に、二十九人の行員に怪しまれずに毒を飲ませることができるだろうか。巡査はすぐ帰ってくるかもしれないのだ。にもかかわらず、犯人は悠々として、自分で手本を示してから、時間を計りながら二つの薬を飲ませたというのである。またもし一部の人の証言のように、薬を飲み終ったところに巡査が来たとしたら、これまた大変なことになる。飲んだ行員たちは、巡査の目の前で、いまにも倒れるかもしれないからだ。荏原の未遂は、予行演習に過ぎなかった、という線も考えられる理由であった。

また、荏原と帝銀とでは薬が違う。帝銀事件のときは、第一薬は無色で、下のほうが白濁していたというが、荏原では、醬油《しょうゆ》を薄めたような、茶褐色の液だったと、全員が証言している。量の点でも、帝銀では第一薬は一人に五ccずつだが、荏原では、一ccから一・五ccくらいである。

次に、犯人が自分でもたしかに飲んだという点について、警視庁の最初の推定では、上に油を浮かして、自分は油だけを飲んだのだろう、ということになっていたが、青酸カリを飲んでも死なない方法は軍で成功していたのである。それは、写真用ハイポを飲んでおくことで、これは軍の糧秣廠《りょうまつちょう》で極秘に研究していた。ハイポを飲ました兎は、青酸カリをあとから飲ましても死なななかった、という実験がある。軍ではこのハイポを元にしたチオ錠という錠剤を作ったのだが、これは青酸性の毒ガスに対して効かなかったというので、警視庁はこれを取上げなかった。しかし、ガスの場合と、液を飲む場合は違ってくる。青酸カリ液を飲むと、胃の中の酸に会って、青酸が遊離して、それから毒物としての働きをする。したがって、青酸ガスを直接吸う場合より、防ぐこともずっと容易になる。それより、一定時間前にハイポを飲んでおくと、ハイポの中の硫黄《いおう》が体の中に分離しているので、胃の中で分離した青酸は、そのまま硫黄と結びついて、ロダンという無害の物質になるのである。だから、帝銀事件の手口は、素人のまぐれ当りと考えるよりは、実際に毒物の経験をつんだ、一部軍関係者と見るほうが、はるかに筋が通るのである。そして捜査本部も、極力、この筋を追ったのであった。

しかるに、なぜか途中でこの捜査方針を捨てて、素人のまぐれ当り説に傾き、恰《あたか》も、平沢が北海道から拘引されたときから、捜査はあざやかに転進して行ったのであった。

今まで、軽蔑《けいべつ》して冷たい眼でみていた名刺捜査班に、軍関係の捜査に当っていた捜査本部の主流が、わけもなく、急激にこれに傾斜してなだれ込んで行ったのである。この理由は謎である。

推察できることは、主流派の軍関係の捜査が、不意に、途中で、巨大な壁に突き当って、絶望しなければならなかった、ということである。

八

帝銀事件の起った一月二十六日から八日経った二月三日の昼すぎのことである。ひとりの初老の男が、伊豆《いず》の湯ヶ島の旅館湯本館に到着した。五尺三寸ぐらいの中背で、肩は丸みを帯び、丸刈りに少し伸びたくらいの頭髪には薄く白髪がまじっている。脂気のない、すこし蒼白《あおじろ》いくらいの顔色で、柔和《にゅうわ》で、上品な容貌《ようぼう》であった。

「平沢ですが、連絡がきて居りますか？」

と彼は玄関の女中に訊《き》いた。奥から主人が出た。

「平沢先生ですか。お話は承《うけたまわ》ってお待ちしておりました。どうぞ、お上がり下さい」

主人は懇意にしている東京の客から、自分の同僚の父が、痔《じ》が悪いのと、静養かたがた画を描きたいから、そっちに行ったらよろしく頼むと紹介をうけていたのである。その人は、文展無鑑査で平沢大暲という画家であることも聞いていた。主人は、画伯の名を知らなかったが、文展無鑑査なら、大そうな画家に違いないと考えていた。

　画家は部屋に通されると、すぐに持ってきた携帯ラジオを電灯から線をひいて、机の上に据えつけた。それから、これも持って来た珈琲《コーヒー》沸かしに水を入れるよう女中に頼み、それを火鉢の上にかけた。

　画家は、手が空《す》いているなら主人に上がってきてくれ、珈琲が沸いたから、一緒に飲もう、と女中に伝言させた。

　主人が居間に行くと、平沢大暲画伯は熱心にラジオを聴いていた。しかし、ラジオはどこかに故障があると見えて、雑音ばかりで、放送の声がよく聞きとれなかった。

「これは、いい匂いですね」

　主人は沸いている珈琲の香りを讃《ほ》めた。物資の無い時代で、珈琲はまだ珍重品だった。

「あたしは、珈琲党でしてね。これが手放せないんですよ。何とか苦心して手に入れています」

　平沢画伯は、そんなことを言って、珈琲を茶碗《ちゃわん》に注ぐと、主人にすすめた。おだやかな、落ちついた態度である。話し方も、静かなのだ。

「ラジオを旅行に持っていらっしゃるのですか？」

主人は、雑音の煩《うるさ》い、古びた携帯ラジオを見て言った。

「そう、ラジオを聴くのが好きでしてね。家に居るときも、枕の中に仕込んで、寝ながら聴くくらいですよ」

主人は珈琲の馳走《ちそう》になる。画伯も、一しょに啜《すす》りながら、ぼつぼつ世間話をする。昼間の旅館ではよくあることで、客と主人とは、閑散なひとときを、のんびりとした雑談に過した。

ところで、と画伯は言った。

「私の顔が、帝銀事件の犯人に似ているというので、人にじろじろ見られて困るんですよ」

恰度《ちょうど》、二人の前にあった新聞に、帝銀事件の記事が出ているので、画伯は話題をそれにつないだらしかった。なるほど、そういえば、新聞のモンタージュ写真によく似ている。しかし、この似ている顔を持っているために、密告やら訊問《じんもん》やらをされて迷惑している人の多いことは、新聞にも出ていたので、それは詰《つま》らないご災難ですね、早く真犯人が挙がるといいですがね、と主人は話をうけた。後になって、このラジオを持って始終聴いていたということは、捜査陣の動静に耳を澄ます犯人の態度と解釈され、訊かれもしないのに自分から、犯人に間違われて困る、と語ったことも、予防線を張った、と検事に見られたのである。

平沢画伯は、その旅館には三日間逗留《とうりゅう》していた。その間、近所を歩いては始終画を描いていた。時に主人に画を見せたりする。金使いも控え目だし、あくまでも静かなのである。

画伯のこの態度は、四日目に伊東《いとう》市の海老名《えびな》旅館に移ってからも続けられた。このときはハイヤーで湯本館の主人も同行しているくらいだから、客の印象は好かったのである。

伊東の旅館でも、画伯は、静かで上品な客だとの評判をとった。おとなしく画を描いているし、金も無駄な使い方ではない。ラジオは聴くが、どれという好みもなく、特別にニュースを注意して聴くという様子もない。画を描く人は落ちついたものだ、と帳場で話し合ったくらいであった。

とにかく、平沢貞通は、この二つの旅館では、あとになっても少しも疑問と思われるような様子もなく、感じのよい印象を残して、八日の朝、東京の中野の自宅に帰ったのである。

家には二日間ほど居ただけで、彼は氷川丸《ひかわまる》で北海道へ旅行した。北海道小樽は彼の故郷であるから、これは帰省であった。

平沢の帰省は、前から当人が親類などに手紙で希望していたもので、旭川に居る弟の貞健《さだたけ》が奔馬性《ほんばせい》の結核で重態のため、見舞に帰りたいというのである。氷川丸の船中で、横浜から買ってきた東京の各新聞や雑誌を見ると、帝銀事件の記事で充満していた。

船中で三泊して、十三日には小樽に着いた。すぐに市内色内町の父親の宅に落ちつくと、平沢はすぐ下の弟の貞敏からこんな話を聞かされた。

「兄さん、昨日ね、小樽の刑事が来て、東京の兄さんはまだ見えませんか、というから、まだ来てないが明日着く予定の電報が来ている、と返事したらね、では、兄さんが見えたらちょっと電話してくれませんか、ちょっとお会いしたいことがありますから、と言って帰ったよ」

「そうか、何だろう」

と、平沢貞通は首を傾《かし》げて言っている。

「では、とも角、すぐ電話しておくれ」

あとは両親と彼は話している。一時間ほど経つと、小樽市署の刑事が二人でやって来た。

挨拶《あいさつ》がすむと、刑事たちは微笑しながら、こんなことを言った。

「先生は松井蔚博士と名刺の交換をされたことがおありでしょう。今度、交換した方全部を調査することになりましたので、先生もその一人というわけなんですよ」

平沢はすぐ答えた。

「ありますよ。青函連絡船で交換したことがありましたよ」

「それは、いつ頃ですか？」

と刑事は訊いた。

「さあ、去年の三月末だったと思います」

平沢は答えた。すると、刑事は、その時の模様を訊いたので、彼はかなり詳しく述べた。

「連絡船の一等室が満員で、ベッドの外に、ソファのつくりつけの長椅子にまでお客を寝かせたが、そのとき、松井さんも長椅子に寝かされて、ぷりぷり怒っていたんです。で、すぐ前のベッドに寝ていた僕は気の毒になって、自分の持っていたモカの珈琲をボーイに沸かさせて、それで持参の菓子をつまみ食いしながら慰めてあげたのです。そのとき、松井さんは、私は仙台に居りますが、今度、北海道へ衛生関係の事で来たのですが、というので、自分も仙台には一、二度行ったことがあると言った。松井さんは、そうですか、と言いながら名刺を出して、裏に住所を一行に記入し、私の宅はこの裏に書いた通りですから、仙台にいらしったら、ぜひ、お立寄り下さい、と言って出されたので、僕も名刺をさし出して交換したわけです」

「ああ、そうですか」

刑事はうなずいてから訊いた。

「その交換した松井博士の名刺は、いま、お持ちですか？」

平沢は、わずかな苦笑を浮べた。

「ええ、あの名刺は東京の三河島の駅の待合室で紙幣入《かみいれ》を掏《す》られてしまって、その紙入れの中に入っていましたから持っておりません」

「ああ、そうですか。して、その届はなさいましたか？」

「ええ、すぐそのとき、駅の出口の交番に届けておきました」

二人の刑事は、平沢の人相を眺めたり、話をしていたが、笑い出した。

「駄目だね、てんで問題にならないや。先生、とんだご迷惑でした」

彼らは帰って行った。すると、夕方になって別の刑事が一人来た。

「何の連絡も無かったので伺ったのですが、そうですか、今朝も伺いましたか、そうですか」

彼は話を聞いて呟《つぶや》き、人相などを書きとめて帰った。

台風に喩《たと》えるなら、平沢貞通にとって、この地元警察の訪問は、前触れの微風であった。この弱い風に彼の心が見えない何かを予感して戦《おのの》いたかどうかは分らない。

翌日の十四日の朝、小樽を発《た》って、旭川に着いたが、ここで弟の貞健の病床を見舞った。指圧もする彼は、自分流診断をすると、二十五日か六日かが危いと診《み》た。

その夜は弟に家庭のことや、宗教上の安心の与えやら、いろいろ話をして一しょに寝ている。あくる日はデパートに行って好きなものを買ってやったりしたが、三、四日滞在したあと、一応、小樽に帰って二十五、六日にはまた来る、と言い置いて小樽に戻った。この弟は二十五日に死んだので、彼は二十六日の朝、小樽を忙しく出発しなければならなかった。

夕方、旭川の家に入ったが、もう家の中は消毒していて、弟は遺骨となって壇上に乗っていた。だから、平沢は弟の死目にも遇《あ》わず、遺骸《いがい》も見ていないのだ。これを彼は、後になって調べられたときの自供で、「貞健の死体を見て、帝銀の被害者を思い出して泣いた」と嘘を吐《つ》いているのであった。

平沢は弟の葬式を済ませて、小樽に帰った。ある日、父親の様子が変なので、脈を診ると、結滞があった。小樽の安達《あだち》病院長の安達与五郎《よごろう》博士は平沢の同級生である。安達博士に翌日診て貰《もら》うと、博士は彼を蔭《かげ》へ呼んで、お父さんには言えないがね、八十七歳という高齢だし、とても心臓が弱っているから、くれぐれも大切にするように、君もしばらくこっちに逗留するがよい、と言った。平沢はその気になった。恰度、同市の㊍デパートで、彼の個展を開く計画があり、彼はその準備に忙しがっている。

帝銀事件が起って間もない、彼の伊豆旅行と、北海道に行ったまま八月になっても帰京しない、この二つのことは、彼の「逃避」としてのちに捜査当局に見られ、彼に対する疑惑を一層深めたのである。

六月三日になって、東京から古志田警部補と福留刑事とが平沢を訪ねてきた。そのことを、平沢貞通の側からいうと、次の通りになる。つまり、これは彼がのちに獄中で書いた手記である。

「――五月中頃であったか、初めでしたか、記憶がありませんが、東京から古志田警部補と福留刑事の二人が訪れて、この前の小樽の刑事と同じ問答があり、ただ、増加しているのは、『その日は先生何処《どこ》にお在《い》ででしたか』とアリバイだけがふえておりました。その時は、ろくろく考えもせず、恰度、三越で日米交歓展が開催中でしたので、（三越の展覧会には、大島土地の社長と落合う約束ありし日と思い違いせしためもあり）そこに居たろうと思い、『三越の展覧会場に居りました』と言って了《しま》って、ああ待てよ、月曜日（三越定休日）だなあ……すると女婿《じょせい》の山口の家へタドンを取りに行った日だったかな、家で訊《き》いてみなければ分らぬが……まあいいや、どっちだって大した違いじゃないや、と思ったのでしたが、これが大変な災因でした。そして『旭川まで行って調べて来ますから』とてお二人は辞去された。十日ほど経ってからでしたが、私が出先から帰ると、弟の妻が、『兄さん、さっき、このお方が見えて』と小樽署刑事の名刺を示し、『東京の古志田さん達が今日帰京するんですって。でねえ、〝すし芳〟で、おわかれの午餐会《ごさんかい》を開くんですって。そしてね、兄さんにも、ご迷惑をおかけしたから、ぜひ来て頂きたいんですって。そうことづけて行きましたよ』と言うので、自分は、今昼飯はたべたばかりだけれど、お帰りというのならご挨拶だけにちょっと行ってくるか、と『すし芳』に出向いた。玄関で女中に来意を告げると、一ぱい機嫌の警察の人が二階から降りて来て、『さあ先生、どうぞ』と案内されて二階に上った。見ると六、七人ばかり署の人々が居て、もう一通り終ったあとであった。挨拶のあと、『おすしを』と言われたが、『今、ご飯を頂いたばかりですから』というと、『では、お菓子でも』というので菓子一個を頂いていると、『さあどうぞお茶を』と言って盆の上に茶碗《ちゃわん》を一個のせて出された。それを手にとって飲んだが、これが指紋をとるために用意された茶碗の由だった。(これはあとで古志田警部補の自慢談の中で判明したことである)それから旭川から登別温泉と歩いたところの見物談に花を咲かせていると、福留刑事が『古志田さん、折角、先生が見えたのですから、記念撮影をなさったら。カメラをお持ちでしょう』と古志田さんに話しかけた。『ああそうだなあ、先生、一つ写真を撮りましょうよ、皆でならんで』と私に話題を向けてきた。そこで私は、いやな予感を抱かされた。俺《おれ》を疑っているんだな、とんでもない、莫迦《ばか》にしてやがる、と思ったが、撮《うつ》して持って帰って、帝銀の生残り連中に見せて犯人でないことがわかれば、かえっていいじゃないか、との考えが強くわが心を制したので、ああ、撮りましょう、と写真を撮影することにした。近所の写真のうまい男を刑事がつれて来て、シャッターを切らせ、六、七枚とったらしい。そして、別れて帰ったが、何だかイヤな気がしてならないし、アリバイのいい加減なことを言ったのがまた妙に気になって、日記代りの暦を出して、先日訊かれたときの二十六日のアリバイを、三越に居たと思うと言ったことを裏付けしようと思って、日記の欄の空間に『三越在、当番』というような意味の書き込みをやったりして、一種の神経衰弱的恐怖症観念を抱くようになった。福留刑事が『記念撮影』と言ったり、『別れの午餐会』と言ったことが、みな計画的な落し穴のような気がして、嫌《いや》な気持であった。……」

台風の前の微風は無気味な強風に変った。平沢貞通が、自身でそれを感じていたのであった。

九

古志田警部補は六月十九日に東京に帰った。彼は小樽の記念写真を江田係長に見せたけれども、係長は笑っただけで相手にしなかった。似ていないと言うのだ。前岡捜査課長も、江田係長も軍関係追及の急先鋒《きゅうせんぽう》だったのである。そこで、古志田警部補は、実際に犯人を見たものなら、一部分だけでも似ていると言うかもしれないと思って、吉田支店長代理と、阿久沢芳子に見せたが、二人とも、似ても似つかない、と問題にしなかった。警部補が、写真を撮すとき、この人は表情を変えたのだ、といくら説明しても、だれも耳をかさないのである。

警部補は、それならこの写真が、いかに本人と似ていないか、ということを証明させようと思って、七月六日ごろ、刑事を、平沢画伯のパトロンと聞いた鉛筆会社社長佐藤健雄《さとうたけお》のところに調べにやった。

その結果、佐藤はこのように刑事に言った。

「私はパトロンでもなんでもなく、平沢から、家を建てるから、一万円貸してくれ、と言われ、そんなに親しくもないのに、図々しいと思いながら貸してやりました。すると、八月の暑い日に、その金を返しにきたと言いましたが、上着のポケットを見て、あっ、掏《す》られたと言い出しました。しかし、私は、人に返す金は大切にして持っているのがふつうだから、掏られたというのは嘘だと思って、信用しませんでしたが、一応届けたほうがいいというと、帰りの電車賃もないし、買い物もしなければならないので、五百円貸してくれと言いますので、千円貸してやりました」

この報告で、スリの被害届を受けつけた荒川署三河島駅前交番の金井《かない》巡査について調べると、近所で買い物をするときに気がついた、という届であったことが判った。古志田警部補は、佐藤の話と違うので、おそらく被害届は嘘だろうと考えた。またこの巡査は、年齢を聞くのを忘れたので、同僚と相談して、四十五歳くらいだろうというので、四十五歳ときめたということである。

実は、これは古志田警部補が公判で述べた証言である。

ところが佐藤の証言によると、古志田の証言とは違っている。

「平沢は、あっ、掏られた、と言って、みるみるうちに顔が蒼《あお》くなった。お芝居ではこうはできないから、掏られたのはほんとうだと思った。平沢さんの掏られた財布は鰐皮《わにがわ》の立派なもので、前から見て知っていた」

と彼は言っている。また、

「平沢さんは、その日、来る途中で、日暮里《にっぽり》で田舎に帰るという旧友の画家に会ったが、困っていたらしいので、財布から五百円出してやった。そのときスリが見ていて、目をつけていたらしい、とも語っていた」

とも証言している。彼の妻も、平沢が顔色を変えたと証言しているのだ。

問題は、平沢の言うように、この鰐皮の財布に松井博士の名刺が入っていたかどうかということである。しかし、それは証明されていないのである。届を受けつけて、届書を書いた金井巡査は、現金が一万二千円入っていた、と聞いただけで、名刺のことはなんにも聞かなかった、しかし、被害者が、財布には大したものは入っていなかったとでも言えば、届になんにも書き入れない場合もある、とは言っている。だから、被害届に名刺のことが書かれていなかったとしても、この財布のなかに松井博士の名刺が入っていなかった、と断定することは出来ない。

しかし、古志田警部補は、スリのことは平沢の狂言だと考えた。警部補は七月八日に、三人の部下といっしょに中野の大島土地株式会社を訪ね、ここでも、平沢という人はあまり信用できない人だ、というような話を聞き、だが、小樽の写真は似ていないことをたしかめた。その帰りに、警部補は、はじめて中野の平沢方を訪ねて、妻のマサに会った。彼女に小樽で撮った写真を見せると、彼女は、あら、まるで顔がちがいますね、と言った。弟から、主人が帝銀犯人に似ていると言われて、わたしは一週間、眠れませんでした、というような話をした。

それから警部補は以前の住所、親類やパトロンの住所、東中野の家を建てた経費のことなどを聞き出した。

警部補は、捜査本部に帰って、写真は似ていないが、実物は帝銀犯人に似ていると肉親も認めていること、筆跡も似ていることなどを報告したが、本部ではみなが薄笑いして取り上げなかった。

それでも警部補は勇気を失わなかった。画家の間を回っては、小樽で撮った写真が似ていないことの裏づけと、平沢の評判を聞いて回ったが、評判は大体よくなかったので、警部補は自信を強めた。

七月も半ばを過ぎると古志田警部補は、主にアリバイと金銭関係の捜査に専念した。大島土地や佐藤健雄の振り出した小切手の振り出し先を探っていくと、大島社長と取引のある三菱銀行東中野支店に、一月二十八日に平沢マサの名義で三万五千円、二月九日には合計四万四千五百円の預金があったことを発見した。画家仲間の話では、一月二十一日に日米交歓展搬入の時、途中で三千円掏られたと言って、百五十円の会費も払えなかったと言うのだが、わずか二十日しかたたない事件の直後の二月九日に四万五千円近くの預金をしているということは、不審なこととして警部補は更に疑いを強めた。この疑惑は、調べれば調べるほど強くなる一方である。

とくに二十二年の暮れころには、方々に金を借りに行き、同じ日のうちに妻のマサと平沢が一軒の知り合いの家で、別々に五百円、千円と金を借りたり、二千五百円のベビー箪笥《だんす》の代金が一時に払えないで、三回に分けて払ったりしていたことなども探り出されて、事件の前はそうとう金に困っていたことが裏づけられた。

ところが、近所の家からの聞き込みでは、しばらくのあいだ柱だけしかなかった平沢の家が、事件後になって、急に工事がはかどりはじめ、間もなく調度品なども入りはじめたというのである。

そのほかにも、平沢が大正五年ころ、当時の板橋町下板橋中九四三に住んでいたことがわかり、これが小切手の裏のでたらめの住所と関連があるのではないか、という新しい疑いが起った。さらに帝銀椎名町支店に近い、椎名町新興マーケット内に、妻マサの実弟風間龍《かざまりゅう》が住んでいて、平沢はたびたび同家を訪れているので、この辺の地理には明るいことなど、いわゆる土地カンの面でも、平沢は適格者であると、警部補は胸を躍らせて考えた。

疑い出すと、ぞくぞく新しい疑点が出てくる。大正十四年に狂犬病の予防注射から、コルサコフ氏症病にとりつかれ、性格的にそうとう異常な点があること、そうして、彼の言動は見え坊ではったり屋であり、すぐばれるような嘘を、平気で人に言う癖があること、以前、火事で自宅を焼失したが、引越して間もなく、また自宅から火事を出しかけて、結局、不起訴になったが、放火の疑いで調べられたことなども判った。要するに、疑わしい材料ばかり出てくるのである。

しかし、古志田警部補の熱心な平沢捜査は、上司からも、周囲の同僚からも、相変らず冷たい眼を向けられていた。捜査本部の主力は、まだ軍関係に注がれていたのである。

古志田警部補の平沢への執着は、いまや一種の気違い扱いされ、部下からも、古志田さんは北海道でキツネに取りつかれて帰ってきたと、陰口をされていた。実際、古志田警部補は、何が入っているのか、手提鞄《てさげかばん》を、歩くときには手にしっかりと抱き、寝るときには足に結びつけて大事そうにしていた。はたの者には、なにか熱病に取りつかれているとしか見えないのである。

このころ古志田警部補は、鶴見《つるみ》の稲佐検事の宅にたびたび行っている。彼は検事に、平沢逮捕のことを直談判している、という噂が立った。

しかし、人間は何ごとにも一心に打ちこむものだ。この古志田警部補の熱心な主張は、総指揮官山村刑事部長を遂に動かしたのであった。部長は、彼がこの捜査に、警視庁の捜査費用では足らず、私財、二、三万円を使ったくらいの熱心さを知っていたし、その部下の異常な仕事熱心に酬《むく》いるつもりで、ついに逮捕状を出すというところに踏み切ったのであった。

八月八日、愈々《いよいよ》、古志田警部補が夢にも見ていた逮捕状と、小樽および都内十カ所の捜索令状を獲得できた。が、逮捕状を手に入れたあとも、警部補は捜査を続けた。そうして、八月十一日には、平沢の長女で、朝鮮からの引揚未亡人である塚田《つかだ》静子《しずこ》の勤先、日本橋の喫茶店を調べに行った平塚刑事から、次のような報告があった。

そこの経営者の話によると、塚田静子は帝銀事件のあと、「父は母に十万円近い金を渡して、北海道へ逃げて行った、父は帝銀犯人にちがいない。親子の縁を切って、家へ帰ってきても入れない」と言って、店の人たちの前で泣きくずれたというのである。そうして、平塚刑事自身も静子から、「父が母に八万円を渡した」ことを聞いた、と報告した。

また十三日に平沢と懇意な渡辺貞代《わたなべさだよ》方を調べた刑事からは、事件後、マサが渡辺家にきて、主人は帝銀事件の犯人だ、事件後大金を入れたし、松井博士とも関係がある、と言って泣いたということを、渡辺貞代から聞いたという報告もあった。

古志田警部補は、このような刑事の報告を聞いて、静子やマサが平沢が犯人だと言って泣いたということは、信用していいと考えた。また平塚刑事が静子から、父が母に八万円渡したということを聞いたという報告も信用して、マサがもしこの八万円のなかから四万五千円、三菱銀行東中野支店に預金したなら、静子は当然そのことも刑事に言った筈《はず》なのに、言わないところをみると、八万円預金と四万五千円とは別である、と推定した。これが別であるとすれば、合計して約十三万円、それに平沢自身の北海道滞在費などを含めると、ほぼ帝銀で盗まれた金額と一致すると考えて、いよいよ警部補の平沢貞通に対する疑惑は決定的となり、八月二十一日朝七時を期して逮捕する手筈《てはず》をきめた。

しかしまだ半信半疑だった捜査本部の幹部は、逸《はや》る古志田警部補を戒めた。北海道行きは絶対秘密にして、とくに新聞に発表してはいけない、そして、とにかく家宅捜索で証拠になるものを持ってくるようにしろと厳命した。そこで八月十七日の夜、古志田警部補と富塚部長、飯田、平塚、福留の三刑事の一行は、名刺捜索のために新潟に行くというふれ込みで上野駅を出発した。二十日夕刻に小樽に着き、旅館の女中の目まで警戒しながら宿泊した。

その翌朝の二十一日の午前九時ごろである。平沢貞通はそのとき絵の制作の用意をしていたが、階下《した》から弟の妻が上がってきて告げた。

「いま福留さんが東京から見えました」

そのあとから福留刑事が入ってきた。平沢は手を休めて、刑事とお互に挨拶《あいさつ》したが、福留刑事は頭をかきながら言った。

「小樽署のやつら、ほんとうに仕方のないやつらで、ほかに二人も松井博士の名刺をもった人が見つかりましてね、それでまた出てきたわけですよ。その節はまたほんとうに失礼しました」

と詫《わ》びるようにおじぎをした。それから、思いついたふうに、

「あ、これは古志田さんからのお土産《みやげ》です。お父さん、お母さんにお上げ下さい」

と、小さい菓子箱を出した。

「先生、中野のお宅でも皆さんお元気ですよ。そうそう、古志田さんに奥さんからご伝言があって、先生にお会いしたら、お伝えすると言っていましたよ。どうです、わたしもこれから行きますが、一緒においでになりませんか」

刑事は誘った。

「ああそうですね。ご挨拶がてらお伺いしましょう。用がありますから、早いほうがいいです。すぐにお伺いしましょう」

平沢貞通は、刑事と一緒に起ち上がった。

小樽市署の車寄せには古志田警部補が立っていて、顔いっぱいに笑いを浮かべて、平沢に頭をさげた。

「やあ、先生しばらくでした。その節は失礼いたしました。きょうはまたご苦労様です。さあさあ、どうぞこちらへ」

鄭重《ていちょう》で親切なのである。一室に案内するのも腰が低かった。

「どうぞおかけ下さい」

古志田警部補は、長テーブルの前の小椅子を掌の先で指した。平沢が腰を下ろしていると、警部補は別になんにも伝言を言うのでもなく、なんとなくそわそわして立っている。それから何か興奮を抑えるように、右左に歩いてばかりいた。ドアがあいて、二人の私服が入ってきたのはその時だった。

私服は古志田の前に直立した。すると古志田は二人を睨《にら》みつけて荒い声を出した。

「君たちはいったいどういう心でいるのだ。ここにおられるのは有名な平沢大暲画伯だ。先生は松井博士と名刺の交換をされたばかりに、とても今度の事件に関心をお持ち下さって、犯人逮捕にご尽力下さっているのだ。それなのに、お前たちはなんというざまだ。申訳ないとは思わないか。申訳ないと思ったら、先生のおそばに行って、よくお詫びをしろ」

言下に二人の刑事は平沢の左右に来て立った。それから謝《あやま》るように平沢におじぎをした。一礼すると見えたのだが、四本の手は平沢の二本の手を、いきなり摑《つか》んだ。同時に手錠がかかった。

平沢は真蒼《まっさお》になって、眼をむいている。古志田警部補はその前に進んで、ポケットから逮捕状を出した。

「平沢さん。あんたを帝銀事件容疑者として逮捕します」

ひろげた逮捕状を彼の眼の先に突きつけた。

「古志田さん、卑怯《ひきょう》ですね」

これは平沢貞通が顔を歪《ゆが》めて、やっと吐いた言葉であった。

すぐに平沢の身体捜検がはじまる。刑事が二人、手錠をかけられて佇立《ちょりつ》している平沢の洋服や下のシャツをしらべると、ポケットから、帝銀事件当日のアリバイを書き込んだ九星暦や預金通帳などが出てきた。

身柄をそのまま留置して、古志田警部補と富塚、飯田の両刑事が、平沢の家へ家宅捜索に行った。ここではスキー帽、ネズミ色の背広、肩かけカバンなど八十点ばかりを押収して引き上げた。このうち、ネズミ色の背広と肩掛カバンは、帝銀犯人が現場に現われたときの目撃者による証言と似ているし、手配書にも記載されている品である。

それから、一行は平沢を連行して、その夜の九時四十四分小樽発の急行に乗った。このころになると各新聞社の小樽支局でも気づき、それぞれ本社に緊急連絡をしている。はじめ新聞社は古志田警部補の名刺捜査班の行動を深追いしなかった。これも捜査本部の主流である軍関係に注意を向けていたし、古志田警部補が丹念に名刺の交換主を探し求めて歩いていることに、わりと冷淡であった。

現に、一行が平沢逮捕のため、北海道に出発するとき、上野駅で顔見知りの新聞記者に遇《あ》っている。

「古志田さん、また名刺ですか。今度はどっちへ行くんです？」

記者は訊《き》いた。

「新潟だよ」

警部補が答えると、記者は、ああ、そうですか、大へんですね、と言ってあっさり別れている。

しかし、文展無鑑査の画家平沢大暲が、帝銀事件被疑者として逮捕されたとなると、話は別である。東京の各新聞社は俄《にわ》かに興奮した。平沢の乗った汽車を迎えるために、記者団が途中の平《たいら》あたりまで急行した。

　この逮捕から連行までを平沢貞通は、「ありのまま記」としてこのように書いている。

「――二人の刑事は自分の左右に来て一礼すると見せて四本の手は自分の二本の手を『御用だ』といって後にねじ上げ、古志田は態度を一変して『やい平沢、よくも俺達を苦しめやがったなア、紳士づらしていやがったって何もかもネタは上って了っているんだ。立派に逮捕状まで持って来てるんだ。年貢《ねんぐ》の納め時だぞ。なんだ変装用の眼鏡なんかしやがって』と言いつつ、手錠をかけて二人が一枚一枚はいでいく。上衣、ワイシャツ、シャツ、腹巻、サルマタまで全裸体にして了って一点一点縫目《ぬいめ》から靴の敷革《しきかわ》まで剝《は》がしての検査だ。そして調べおわったワイシャツと洋服だけを着せ、靴だけはかせて五人の刑事は心地よげに自分を見下している。自分は唖《あ》然《ぜん》として又呆然《ぼうぜん》、ただ錐《きり》を頭の髄につきさされたような気持であった。かくしてその日の午後急行で手錠をはめられたまま、小樽駅から上京の途につかされた。人がみなジロジロ見るその辛《つら》さ、黙眠あるのみだった。函館につくと、すぐ記者団写真班の密集だ、包囲されると記者団は古志田さんからニュースを聞く円環をつくっている。『おれたちは北海道まで命がけで来たんだぞ』と一きわ大声で叫んで、あとは低声で何か言っているが聞えない。逃げるように重囲を脱して連絡船にのり込んだが、青森近いという頃、古志田さんは自分のすぐ傍に腰を下ろして、『平沢、おれも随分骨を折ったよ。おれは電話までついた家を三十五万円で売って、その金を費用にしてお前の逮捕に来たんだぞ。お前の家が困るようなことは絶対ないよう、今後のことはおれが面倒を見てやるから安心してすべてのことをありのままに白状して了いなさい』とやさしい猫撫《ねこな》で声《ごえ》を出した。青森から記者団を脱れて二等車の隅に乗せられたが、四人の刑事が屏風《びょうぶ》に立ってくれ、記者団の包囲から脱れたが、呑《の》まず食わずで、へとへとになった身体は、苦しく頭ががんがんして破れそうな気がした。古志田は新しい駅で新聞記者が入ってくると、『北海道まで命がけで行ったんだぞ』と声高く叫んでいた。やがて盛岡近くなった頃、『盛岡、仙台でまたどんなに記者団がのり込むかもしれないから、腰かけの上に倒して寝かせて了え』と言うのが聞え、自分は体をエビのように曲げさせられて寝かされ、頭と胴に自分の背広の上衣をかけ、その上にタオルをかけ、またその上に帽子をのせた。足は痺《しび》れ、手は痺れ切って、身動きが出来ず、十五時間痺れ切ったまま、上野に着いたときは、物がみな黄色く見えて困った。汗はだくだく出てくるし、息は苦しいし、着いたときは起きたくても、起き上り得ず、起してもらっても歩くことが出来なかった。……」

平沢貞通が東京に護送されたのは、帝銀事件が発生して二百十日目であった。台風である。

しかし、この平沢の護送ぶりが酷烈《こくれつ》だという世論が起り、古志田警部補が記者団に興奮して語った放言も問題となった。人権問題として、時の内閣の閣議でもとり上げられたくらいである。

第二部

一

手錠をかけられ、毛布を頭から達磨《だるま》のようにかぶせられた平沢貞通が、新聞記者団と弥次馬《やじうま》の包囲の中に、よろよろと上野駅に着いたのは、八月二十三日午前十時四十五分であった。すでに新憲法が発足して、人権問題がやかましく言われた当時である。この護送方法が世間の注意をひいた。

当時の新聞は、こう書いている。

「帝銀犯人の容疑者として、はるばる小樽から護送された画家の平沢貞通氏も、二十四日夜には大体青天白日となり、二十五日朝釈放される見込みだが、東北線車中、上野駅、警視庁と、真犯人さながらに手錠をはめ、毛布をかぶせるという厳重さ。いざ疑いが晴れるとなると、この護送ぶりが問題で『あんまりひどい、かわいそうに』という街の声がしきり。二十四日の閣議でも俄然《がぜん》これが取上げられ、水谷商相は『あの場合人権侵害にならぬか』と発言、鈴木法務総裁は『捜査は秘密に行なうべきで、護送中からあのように騒いでは困る。もちろん、逮捕令状については、法律上手ぬかりないと確信しているが、一警官が、真犯人だと発言するなどは、人権侵害もはなはだしい。今後こうしたことのないよう、国家公安委員から、全国警察官に厳重訓令してもらう』旨を答え、閣議はこれを重視したという。帝銀事件当初から、人権尊重をモットーに捜査を進め、あるいは、そのためにこそ捜査が遅れる、と弁解し続けてきた当局として、これほどの騒ぎまでして容疑者を護送したことは、事件発生以来かつてない断であったが、それが思いがけず問題となった形である」

この記事にある、一警官が真犯人と発言したというのは、古志田警部補が、北海道から上野に着く途中、停車の各駅で記者団に乗込まれ、興奮のあまり口走ったことである。

古志田警部補は、平沢を真犯人と断定した理由として、

①ほかにも詐欺的な犯罪容疑がある。
②妻の証言との食い違いがある。
③指圧療法の経験がある。
④劇薬使用の経験がある。
⑤親類に製薬業者があり、ここから薬を常に入手していた。

⑥長期的な詐欺計画の経験がある。

などを挙げ興奮して記者団に語っている。

この報道が新聞に出ると、山村刑事部長は釈明した。

「彼が捜査線上に上ったのは二月上旬、松井名刺の捜査からで、六月上旬には、古志田警部補以下数名が北海道に渡り、捜査は長期綿密に続けられ、二十四ヵ条の容疑が出、このうえは直接本人に当って調べなければならなかったが、首実検のため、目撃者を北海道まで派遣することもできない事情であって、遂に逮捕することに決めたわけだ。護送途中、法律的には手錠をかけて一向差支えないが、できうれば手錠などかけたくなかった。しかし、途中自殺のおそれも考えられ、責任者としては慎重を期したもので、もし自殺でもされたら、より以上世論の指弾を受けるだろう。古志田警部補が、犯人と断定するかのような言葉をもらしたことについては厳につつしむべきことで、本人はもちろん、家族や世間に対しても、この点は遺憾《いかん》の意を表したい」

実際、古志田警部補が平沢貞通を逮捕してきたときは、まだ彼が真犯人であるとは、当局では信じていなかった。本部の捜査は、依然として軍関係に主力を置いていたのである。

「しかしながら、一方では、当時他班の捜査は未了であって、特に推定手口や、想定携帯品の関係から、旧軍関係の捜査が続けられていて、捜査陣営内にも、被告に白説があって、その捜査が統一を欠くきらいがあったのであります」

と検事もあとで論告の中で言っているくらいである。

「検察庁はじめ警視庁においても、本捜査に当っては、先に申しましたように、必ず検挙しなければならないと決意すると同時に、新憲法下の手続きにおいて、絶対に非難を受けない、公正な捜査を誓ってきていたのであります。一例を申せば、本件当初より被告人検挙までに、警視庁で捜査した容疑者数は、本部だけで実に五千百六十四人に上っておりますが、身柄を拘束《こうそく》した者は、被告人以外に一人もないのであります。それだけ厳重な捜査をしてきたのであります。したがって、被告人の逮捕に当っても、極力これを慎重にし、ことに身柄の護送に当っては、自殺・逃亡などを考え、手錠はもちろんはめてあるわけでありますが、変わる点は、その上に白布を巻いてあり、ことに極力被告人の名誉を尊重するために密行させ、青森まではようやく密行することができたのでありますが、その後報道陣の知るところとなり、遂に大混乱をきたしてしまったのであります。ときの勢というものはおそろしいもので、それほど注意してきたにもかかわらず、人権蹂躙《じゅうりん》問題は、すべての新聞紙上をにぎわし、ラジオでは、ニュースでこれを報道するばかりでなく、直接これを座談会の課題とせられており、少し以前には、帝銀事件捜査打切りの決議をした弁護士会の決議もあって、これが紙上に掲載されるほどの状況であったのであります」

実際、古志田警部補が、「犯人に間違いなし」と、北海道から護送の途中で発言したものだから、平沢貞通到着の二十三日の朝は、上野駅の騒ぎはまさに殺人的であった。ホームからあふれるような群衆に対処して、到着寸前、ホームを突然変更したり、新聞記者たちをまくために、貨物専用昇降機で、地底にもぐりこませたり、駅前広場を右往左往して騒ぎまわる野次馬の目をかすめて、RTO専用口から、いきなり幌型《ほろがた》で走り出したりした。結局、駒込《こまごめ》警察署で一息いれたうえ、午後二時過ぎ、容疑者一行は、やっと警視庁に到着した。

この駒込署に着いたときは、犯人を目撃した二人の人物が、先に来て待っていた。一人は、一月十九日、三菱銀行中井支店で、小川支店長と、事務上のことで打合せに来合せていた、同銀行高田馬場支店長戸谷《とや》圭蔵《けいぞう》、一人は、同じ三菱中井支店に勤めていた大久保《おおくぼ》忠孝《ただたか》という人だった。この二人に、いわゆる面通《めんとお》しをさせたところ、戸谷は似ていると言い、大久保は違うと断定した。

午後二時ごろ、身柄が警視庁に移されると、そこには、さらに九人の目撃者が待受けていた。帝銀の吉田武次郎、田中徳和、阿久沢芳子の三人の生存者と、安田銀行荏原支店の渡辺俊雄支店長、高坂鉄二郎、小林圭介、神津安子の四人、三菱中井支店の手塚義雄支店長代理、関口徳郎の二人である。この九人に面通しさせたところが、帝銀の三人の生存者と、ほかの二人は「違う」と断定し、あとの四人は、「似ている」と証言した。午前の二人を合せると、十一人の面通しの結果は、違う、と似ている、が六対五である。「この男」と言う人は一人もいなかった。

しかし、この人たちの証言は、あとになって変ってきているのである。

捜査本部は、この面通しの結果にひどく自信を失った。いや、それは予期していたことであろう。その日の、午後六時の記者団会見では、前岡捜査一課長が、気の浮かぬ顔を見せた。

「被害者、および犯人を見た人々、計十一名による面接は」と課長は言った。「一人一人、いままでにない慎重さでやったが、結論としては、全体的に輪郭は非常に似ている、しかし、犯人と言い切ったものは一人もない。これからアリバイなどを追及するが、すでに新聞に載った、古志田警部補の談話は、捜査本部の意見ではないことを断っておく。画伯の自宅の家宅捜索からは、たいした資料は出なかった」

つまり、捜査本部は、依然として平沢画伯に「白」の印象をもっていたのである。

稲佐検事も、平沢貞通が、果して犯人であるかどうかということに最初から自信がなかった。ともかく、古志田警部補の活動に報《むく》いることと、平沢貞通を東京に護送し、面通しさせた上、はっきり犯人でないことがわかれば、すぐに釈放するという気持が強かったのであろう。そこで検事は、古志田警部補を除いた、他の係全部に、画伯について白の材料を探させたくらいである。

しかし、予期もしないことが起った。平沢画伯を調べ出すと、私文書偽造行使、同未遂、の事件が発覚したのである。俄《にわ》かに、

「これは！」

と思ったことだ。この一連の詐欺事件とは全部で四件で、帝銀事件とは直接の関係はないが、非常に影響の強いものなのである。

容疑の第一は、前の年の二十二年十一月二十五日、丸ビルの三菱銀行支店へ、小切手を引出しに行っていた平沢貞通が、同じ丸ビルの、大洋工業株式会社社長長谷《はせ》川《がわ》慶二郎《けいじろう》の預金を引出しに来ていた同社の女事務員が落した銀行の受付番号札を拾い、同事務員が外出して居ない間に、番号を呼ばれたのを幸い、長谷川のおろした現金一万円と預金通帳を受取って帰った事実である。

容疑の第二は、同年十二月二十七日の午後、大田区山王、金融業高田《たかだ》保之《やすゆき》を訪れ、「商品を買うため急に金が要るが、土曜日で預金がおろせないから」と、二十数万円記入高の預金通帳と印鑑をカタに、十万円貸してくれと言って断られた件である。

その第三は、その翌日の日曜日の午後、大田区馬込町の竹中久雄《たけなかひさお》方で、同じような手段で、預金高四十数万円に改竄《かいざん》した長谷川の通帳と認印で二十万円の帝銀大森

支店の小切手を受取り、翌日午前十時、三菱銀行丸ビル支店で二十五万円渡すと約束して帰り、翌日二十九日、竹中がビルに行った時刻に、帝銀大森支店で、小切手を現金化しようとしたが、竹中は兄を丸ビルにやり、「兄との打合せで、帝銀大森支店では、丸ビルから入金の通知がなければ支払わぬように」と言いに行っていた。そこで平沢は竹中とぱったり会い、「兄が待っているから、早く丸ビルに行け」と言われて、その場はつくろったが、金を取るのは失敗に終った一件である。

容疑の第四は、前記の、現金化に失敗した二十万円の小切手を持って、同じ日の午後二時ごろ、中央区銀座にある、時計商日本堂に現われ、十五、六万円の時計、指輪などを買いたいと言って、小切手を出したが、社長の佐藤秀一が怪しんで、帝銀銀座支店へ、小切手の鑑定に行った留守に、危険を感じて逃げたというのである。

これらの詐欺事件はすでに、帝銀事件から一ヵ月足らず後の、二十三年二月二十三日付捜査二課の、特捜班朝岡《あさおか》刑事からの報告で、一応銀行を舞台とする知能犯である、という点と、犯人の人相が似ている点から、帝銀事件と関係があるのではないかと見て、丸の内署と連絡して捜査中のものであった。そこで、被害者である金融業の竹中氏と、日本堂の佐藤社長らを呼んで、平沢貞通に面通しさせたところ、即座に「九分九厘間違いなし」の返答を得た。そして平沢被告は、これらの四件の犯行はあっさり認めて「私は悪い人間です」と言って泣き出したのであった。

愕《おどろ》いたのは、捜査本部の方だった。思ってもみないことが飛び出して来て、顔色を変えたと言えよう。

急に熱心になって、さらに面通しを何回もくり返したのは、「もしや」と思ったからである。その主なものは、平沢貞通着京後一週間目の、八月三十日に、三回目の面通しを行なったあとの、帝銀生残りの田中徳和の場合である。

「目、口元、白髪、顔の輪郭、身長、音声と話しぶり、落着いた態度、年齢などはだいたい犯人とそっくりです」と彼は係員に答えている。

「しいて違うと思う点をあげれば、鼻筋の通っている点は似ているが、鼻柱に少し段があるのと、目のまわりが黒ずんでいる点です。面通しの際、容疑者がピーナツ・ミルクを飲んでいたが、その飲みかたは、犯人が薬を飲んだ飲みかたとそっくりです。先日、容疑者が上野駅のホームに降りた際、ハッとして、犯人に間違いないと思いました」

しかし、田中徳和は、それから三時間足らずの後に、警視庁で行なった面通しでは、違うと断言しているのである。「あのときは、容疑者が興奮して固くなっていたからだ」と彼は弁明したが、このあとの田中の証言は変らず、生存者の中で、もっとも強く、平沢は「黒」だ、と主張しているのだ。

同じ生存者の中でも、もっとも長い間犯人と応対し、名刺のやり取りまでした吉田武次郎支店長代理はどうであろうか。この人も、最初の面通しでは違うと言った組だが、九月十七日十一時半から、約一時間に亙《わた》って、警視庁捜査一課の第三十七号調室で、稲佐検事が、平沢被告を調べているのを脇から観察したあとで、このように述べた。

「いままであまり多くの容疑者の顔を見せられたためかもしれませんが、犯人の顔を思い起しても、ほかの顔が浮んできたりして、今日では幾分記憶は薄らいで来たように感じます。しかし、いまでも真犯人に会えばわかると思いますが、確固たる信念が持てないのが残念です。平沢貞通のあの日の新聞を見てハッとしました。八月二十三日の面通しのときの平沢の顔とほとんど違うのですが、事件当時の犯人の真剣な顔そっくりに見えました。本日、平沢をよく見ると、耳が非常に小さくて、その脇に縦じわがあるのが目につきました。これが犯人なら、事件当時、どうしてこの特徴に気がつかなかったか疑問に思われます。しかし、非常に犯人に似ています。似ている点は、白髪、後頭部の毛の生え際、目付、唇の薄い点、顔の輪郭、後のほうにそっくりかえるところ、手の指の骨ばっていない点。特に犯人と違っていると思われる点はありませんが、ただ、話すときに口をちょっと横にまげるようなところが違うだけで、総体的に言えば、断定はできないが、九分通り似ていると思います」

同じく、生残りの村田正子は、終始一貫して「違う」と主張している。彼女は、「いままで何人も見せられた容疑者のうちでは、平沢という人がいちばん似ている。しかし、なんか感じが出ない、ピンとこないのです」と言い、

「一度でも会ったことのある人なら、なんかピンと感ずるものがある筈《はず》だが、目がどうの、鼻がどうのと、個々の道具を一つ一つおぼえているのではなく、それらが形作る全体の感じから、考えるより先に、ああこの人だ、とピンとくるのだと思います」

一人の証人が、この点が似ていると言って、前に言ったことと逆のことを言っている例があるかと思うと、また、二人の証人がそれぞれ、まったく逆のことを似ていると証言している例も多い。それが同一人に間違いないと証言した、安田銀行荏原支店の渡辺支店長は、特に似ている点として、顎《あご》の曲線、声、口元をあげ、そのほかにも、同じ支店の山崎静枝、富田智津子、そのほか数名が、声が似ていると指摘しているのに対し、同じく安田銀行荏原支店の高坂鉄二郎は、「八〇パーセント似ているが、口と声が違う」と、ほとんど渡辺支店長と逆であり、同店の佐藤正夫も「声が違う」と述べている。また、このほかにも、同店の神津安子、鈴木利雄も、「犯人にしては少し顎が角張り過ぎている」と言って、顎の曲線が似ているという渡辺の証言と食い違いがある。

結局、犯人を見たことのある人、五十人の人たちのうちで、「わからない」と答えた二人を除いて、あとは「似ている」という意見が一致した。しかし、その中では、「似ているがどちらとも断定できない」と言うのが約二十名、「ほとんど同一人に間違いない」と言うのが十数名、「どこか違う」と言うのが十人足らず、という結果だった。だいたいにおいて、似ていないとみられる点は、「犯人のほうがもう少し面長だった。平沢被告は痩《や》せている。犯人のほうがもっと鋭い感じだ」と言い、なかには「この世のものとも思えない、ものすごい感じがあった」と言う証人もある。

次に、顎の傷痕《きずあと》だが、この傷は家族の話では、二十二年十月十六日、長男の達也《たつや》の結婚式当時には、真赤にはれあがり、長男に、早く医者に診せるように言われて、二、三日後に中野の病院で治療を受けたものだといい、この、病院で治療を担当した医者も、逮捕後、裁判所の調べに対して、この顎の傷痕は「そのときの面疔《めんちょう》のものと思われる」と証言している。

ところで、実際の犯人には、「左顎に傷痕があった」と証言した三菱中井支店の大山滋子《おおやましげこ》は、面通しの後「大体、平沢さんは犯人にそっくりで、同一人と言ってもよいほどだが、顎の傷の位置は違うように思う」と述べ、ほかの証人は誰も顎の傷にはふれていない。大山滋子の見た顎の傷痕というのは、左頬の顎の近くに、一・

五から二センチぐらいの長さに縦に引かれ、目と左肩を結ぶ線に並行に走っていた、と言い、彼女は、警視庁での面通しの際、平沢被告の顎の左寄りに傷がないのでそのことを言うと、平沢は自分で、唇の下を指し、「傷はここです」と言ったが、場所が違うと思った、と言っている。

この面通しの結果と、平沢貞通に詐欺事件があったことが暴露すると、いままで人権蹂躙《じゅうりん》だと騒いでいた新聞が、俄然《がぜん》態度を一変して、ほとんど、平沢貞通を犯人と断定したかのように書きたてはじめた。

二

丸ビルの三菱銀行支店の一万円と預金通帳の詐取について、日本堂の詐欺未遂を稲佐検事に問われた平沢貞通は、「それは事実です、おそれいりました。これで私の画家としての生命も終りました」と言って号泣《ごうきゅう》した。警視庁ではこの自白を聞いて、犯罪が同じ銀行が舞台であるので、「これは」という気持が動き、平沢の釈放を一日、二日と延ばしていると、恰《あたか》も、それを追いかけるかのように八月三十一日、小切手の裏書の筆跡を鑑定していた安藤常夫《あんどうつねお》鑑定人から、「中間報告ですけれども、これはもう筆跡はまったく同一で、同一人のやったことにまちがいありません」と報告してきた。

これが平沢起訴に重大な影響を与えたのである。

帝銀の犯人が、事件の翌日盗んだ小切手を安田銀行板橋支店で現金化したとき、裏書きの後藤豊治の名前の横に記した、でたらめの住所「板橋三の三六六一」の八文字は、松井蔚、山口二郎の二枚の名刺とともに、この事件の数少い物的証拠の一つである。捜査本部は早速、この小切手の筆跡鑑定を、この道で最も古い経験と信用をもつ安藤常夫に委嘱《いしょく》した。その結果、文字から推定される犯人は、四十歳から六十歳までの男で、中等学校以上の教育を受けたもの、しかも事務的な仕事、とくに縦書きの字を書く仕事にそうとう熟練したものと見られ、その性格は奔放性でなく、落着きがあり、用意周到で、ときに思い切って仕事のできる性質のものと考える、と鑑定した。

捜査本部では、平沢貞通の家から押収された、平沢自身が記入した名刺、平沢がほかへ出した手紙の空封筒、手紙、合計二十二点を、前に安藤鑑定人に渡し、これと小切手裏書住所の筆跡拡大写真が、証拠品の筆跡と同一であるかどうかの判定を頼んでいたのである。これらの鑑定資料は、あとから二回にわたって合計五十点あった。安藤鑑定人は、中野の自宅で新聞記者の追跡を避けて鑑定に専任している。同鑑定人の鑑定書ができあがったのは十月十五日だが、八月三十一日にその中間報告がされてきたのであった。

　これは後のことだが、弁護人側は、更に民間の専門家による筆跡鑑定を地裁に申請し、その結果、東大の史料編纂所《へんさんじょ》の龍蕭《たつしずか》、高橋隆三《たかはしりゅうぞう》の両講師、同文学部の宝月圭《ほうげつけい》吾《ご》助教授と京都立命館大学林屋辰三郎《はやしやたつさぶろう》教授、元京大教授の中村直勝《なかむらなおかつ》博士、慶大の伊《い》木《ぎ》寿一《ひさいち》講師にそれぞれ鑑定を依頼している。

　その結果、高橋、龍両鑑定人は、小切手の筆跡と平沢被告の筆跡は同一であると鑑定し、宝月鑑定人は、非常によく似ているが同一とは断定しがたいと言い、また中村、林屋両鑑定人は共同鑑定の結果、すこぶる類似していて、確実に同一と断定することはできないが、七分は同一であると認め、伊木鑑定人だけがちがうと鑑定した。これらの大学の先生たちはいずれも古文書学の研究家であって、和紙墨書の鑑定が本来の専門である。このうち伊木鑑定人は、大正時代から刑事事件の筆跡鑑定の経験があるから、洋紙ペン書きのものの鑑定にも慣れているが、林屋鑑定人などは法廷で証人として、私は本件のように公式的の意味で、ペン書きの鑑定をしたことはこんどがはじめてです、と述べ、中村鑑定人もまた、和紙墨書とちがって、ペン書きの鑑定は非常に困難だと訴えている。筆跡鑑定のやりかたというものは、鑑定人によってそれぞれ流儀があるが、結局は各文字の形や崩し方のくせなどから起筆、止筆、運筆、筆勢、力の入れ方、劃《かく》と劃の作り、角度など、あらゆる部分を通じて、そこにひとつの個性を発見しようとするもので、それには拡大写真や幻燈《げんとう》を使っての、いわゆる科学的研究も行なわれている。

しかし、とにかく、八月三十一日の安藤鑑定人の中間報告は、俄《にわ》かに警視庁に一つの衝撃を与えたと言ってよい。恰も、壁の前に足踏みしていた捜査本部が、真剣な熱を帯びた眼を平沢画伯に向けはじめたのだ。警視庁が稲佐検事に向って、ホシはこれに相違ない、検事さん起訴してください、と迫ったのは、このあたりからである。

稲佐検事は躊躇《ちゅうちょ》しているのだ。この程度の資料で起訴するということは、自分の法律家としての良心が許さないと言って、最初、この申出でを突っ刎《ぱ》ねている。が、警視庁はあくまでこの線で熱心に迫るのだ。検事も折れて、裏付証拠がなくても、犯人が自白さえすれば起訴しようというところまで妥協し、その自白するまで起訴を待ってくれと、検事は答えている。これが九月の十日ごろのことで、こうなると、今度は警視庁は、自白さえすれば検事が起訴をするという、裏付証拠がなくてもいいと言うならば、これは自白させようではないかという空気が強くなった。そこで、調べ室に黒原捜査係長も加わり、検察事務官と検事と三交代で、毎日朝の十時に平沢を房から引き出し、調べを終って房に帰すのが夜の十一時だったというから、毎日十三時間ずつ調べたわけである。

筆跡のことと、日本堂のことで平沢はがんじがらめになり、力尽きて、彼が崩壊したのは、拘留されて三十日目であった。このとき、検事は、もう一度清純な心に立ちもどって、絵筆を執ってみたいと思わないかと言うと、平沢は、執ってみたいです、法隆寺の壁面の技法を再現したいという私の望みも、九分九厘まで出来かけ、ここで死ぬのは残念です、四十年の生活ももうだめです。なにとぞ龍（義弟風間龍）に会わせてください、そうしたら一切のことを申上げます。そうして処分を受けます、と言うなり涕泣《ていきゅう》したのであった。

九月二十一日に風間龍の面会が許されているが、このときは、平沢は検事の期待を裏切って事件の核心にふれず、ほかのことを言っている。それで翌々日の九月二十三日に、またいろいろ聞きたいことを聞いたうえで、帝銀事件の犯人であることについて告白しますと言って、また龍を介添えにつけてもらいたいと申入れている。

平沢は風間龍に面会が許されると、

「龍ちゃんよく信じてくださいよ、ごらんなさい、あることはある、ないことはないと十分申上げますから、命がけで申上げますから、私は龍ちゃん、帝銀のことに関しては、天地神明に誓って犯人じゃありません」

と言い終ると、フラフラと立ち上がり、ドアの下から約一尺五寸の、ドアのへりに倒れかかり、頭を打ちつけて自殺する恰好《かっこう》をした。これは、自白するものと思って横に立っていた検事を愕《おどろ》かせた。

このころの平沢貞通の供述は支離滅裂であった。常に頭が割れそうだと訴え、ある日の取調べでは、帝銀事件なんかちっぽけなものです、私は高橋是清《これきよ》と犬養毅《いぬかいつよし》をやっつけております、まあ死刑になるでしょうと言ってみたり、古志田警部補さんは、僕の長女を妾《めかけ》にしているというがほんとですか、なんだか刑事さんから聞いたような気がしますと言ってみたり、夜中に古志田がピストルで狙《ねら》っていると言って、幻視を見たとも話している。それから取調中にも、なんだか頭がボーッとしてきました、気違いになるような気がしますと言い、訊問《じんもん》もたびたび中止された。日本堂の事件が暴露したときなど、どうか自殺をさせてください、日本堂のことでとても生きておられませんから、いままでなにもかもウソを言って申し訳ありません。実際自分でお目にかかるのもつらいぐらいですと、身をもんで苦悶《くもん》の表情をしている。しかし、ただ帝銀事件だけは一点も私に関係はありませんから、どうか自殺させてくださいと最後まで否認もしていた。そうしていつも頭痛を訴え、頭の痛みのなおる薬はないでしょうかと言ってみたり、頭がクラクラして目がまわるのがいちばんつらいですねと言って、検事が取調べをやって、大丈夫かねと心配したくらいであった。

この前後から目撃者の首実検が行なわれていた。稲佐検事の取調べは八月二十六日からはじまり、平沢が自白しなければならない空気がかもしだされたのは、九月二十日ごろである。十八日から行なわれた平沢被告の首実検は、十八日に六人、二十日に七人、二十二日に五人、二十三日以降には連続七、八名の銀行員が入室して、取調中の平沢が真犯人かどうかを面通しさせられている。なかには平沢の目の前で「まちがいありませんな」と耳打ちする声もきかれた。このような状態で、平沢貞通が白状したのは九月二十三日で三十六回目の取調べのときであった。目撃者の大山滋子ほか二人が退室すると、平沢は、検事さん今日何日でしたかね、と聞く。検事が九月二十三日で秋分の日だよと答えるのに対し、新聞を読まないから世間のことがさっぱりわかりません、と憔悴《しょうすい》した平沢は、ぼそりと言った。追い詰められて、自白せざるを得ない寸前だった。

問　僕モ知ラナイガ、ダレモイナクナッタカラ、サッキノ続キヲ話シテゴラン。
答　昼御飯ヲミナ食ベタノデ腹ガクチイデスナ、ゲップヲミナ出シテシマイマスカラオ待チクダサイ。

と言いながら脊骨《せぼね》を押さえ、数回ゲップしたのち、平沢は顔をしかめたまま、話が全然まとまりませんで困ったものですね、と当惑顔をしていた。話というのは自白の内容のことだ。検事が、順序が立たんでもよいから話してごらんと言うと、平沢は黙ったまま、次第にイライラした表情をし、明らかに苦渋をあらわしていた。それから思い切ったように、

「言います、一服させていただきます」

と、タバコの「ひかり」に火をつけて、しばらくこれをぼんやり吸っていたが、吸い終ったあと、

「順序と言いましたが、それよりも記憶のほうがどうも」

と首をかしげている。いまに平沢の唇から自白が洩《も》れるかと眼を輝かしている検事は、平沢がぐずついているので焦躁《しょうそう》したに違いない。しかし、平沢の心理の内面では、自白すべきか、頑張るべきか、苛酷《かこく》な闘争が行なわれていた。

問　体裁ノイイ言葉ヲ聞コウトハ思ワンカラ、思イ出スママデヨイノデハナイカ。

答　大事ナコトデスカラ、ウソニナッテハナンニモナリマセンカラ、シッカリマトメタイノデス。最後ノ大事ナコトマデ私ガウソヲツイタト思ワレタクナイノデスカラ、ダイタイ銀行モ、ドコカラ入ッタカ覚エガナイノデスカラ、ソイツガ困ルノデス。申上ゲマスカラニハ確然タルコトヲ申上ゲタイト思イマス。サスガニ最後ニ平沢ハキレイニ言ッタトイウコトヲオ認メ願イタイモノデス。デスカラ、

ドウカ時間ノ余裕ヲクダサイ。今晩ヒト晩寝テユックリマトメマスカラ。
問　マトマラナクテモイイ、記憶ヲ呼ビモドサセテヤルヒントヲ与エテヤルカラ。
答　イヤ、自分デ記憶ガヨミガエッテクルト思イマス。タダ考察ノ時間ヲ与エテクダサイ。
問　シカシ長イ間ノ出来事ダカラ、十分整エテ、ゼンブ記憶ヲ喚起スルニハナカナカ困難ダロウ。
答　イエ、時間ダケ与エテクダサレバ十分デキルト思イマス。
問　イマ、イチバン考エテイルコトハナニカ。
答　銀行ノナカノ状態ヲ、考エテイルノデス。紙ヲ拝借シテ書イテミヨウト思ッテイルトコロデス。

検事はこのとき用紙と万年筆を平沢に与え画面を書かせた。平沢は考え考え、図を描きはじめた。画家だけに達者な線である。

稲佐検事が覗《のぞ》いてみると、銀行内部の見取図だった。遂に、平沢貞通の自白が始まったのである。

稲佐検事は、相手が図面を完成するまで、腕を背後に組み、窓に向っていた。検事は勝利を感じ、昏《くら》い光線の中に降っている雨を見ていた。

検事の調べは、まずアリバイからはじまった。捜査本部は、帝銀椎名町、三菱中井、安田荏原、三つの現場に現われたのは、全部同一人と断定して捜査していた。また、安田銀行板橋支店に、小切手を引出しに行ったのも、銀座の露店斎藤安司方で山口二郎の名刺を作らしたのも、すべて、前の三つの現場に現われたのと同じ人物と見ていた。それで、平沢貞通について、次の日付におけるアリバイが一つでも確立すれば、完全に崩れてしまうのである。

平沢に必要なアリバイというのは、六つの点である。

①二十二年十月十四日午後三時から四時半の間。（荏原安田の未遂）
②二十三年一月十七日午前十時過ぎ。（銀座斎藤方で名刺注文）
③翌十八日午前九時から午後五時ごろまで。（犯人が名刺を受取りに来たのだが時刻不明）
④翌十九日午後三時から四時。（中井の未遂）
⑤一月二十六日午後三時二十分ごろから四時。（帝銀椎名町支店毒殺事件）
⑥翌二十七日午後二時四十分ごろ。（安田銀行板橋支店で小切手引出し）

この検事の取調べに、平沢貞通はこう答えたのである。

「一月はじめごろ、大島土地会社の、東中野の分譲地の風景を描くため、毎日、午前中四時間ぐらいずつ一日も休まずに通い、午後は疲れてしまって家にいた。一月十七、十八日（山口二郎名刺注文、受取りの日）もそうだった。十九日（三菱中井の日）は、日本橋三越で開かれた、日米交歓展の搬入の日で、その朝、分譲地で絵を完成し、一旦《いったん》家に帰って、十一時ごろ家を出、湯島の嶽《たけ》という額縁屋に頼んであった額縁を受取り、自分で絵を入れて、昼過ぎ三越の会場に搬入した。それから、京橋で昼食がわりにコーヒーを飲み第一相互ビルの中の毛皮屋蛇下という人に絵を売るため斡旋《あっせん》を頼み、三時過ぎにそこを出、銀座でシューマイを食べ、さらにモナミに行って知人に会った。四時半ごろそこを出、家に帰った。

二十六日（帝銀当日）には、大島土地社長、大島芳春《よしはる》さんに絵を見てもらう約束で、朝十時から、午後四時ちょっと前まで、三越の自動車置場で大島さんを待っていた。その二日前、大島氏に頼みに行ったとき、『用事の合間に行くから、何時になるかわからない』と言われていたためである。その間、三十分に一台ぐらいずつ婚礼の自動車が来た。全部で十数台見た。昼過ぎに地階の食堂に行き、会場へも、大島氏が来ていないか見に行ったのと、三時ごろ食堂に行ったほかは四時ちょっと前まで、車寄せで待っていたが、あきらめて、神田から省線で帰宅した。その間、知っている人には会わなかった。終日車寄せに待っていたのは、幹事に、絵が売れることが知れるとうらまれるので、内緒で見てもらいたかったからだ」

これは警視庁に留置されてから、四日目の八月二十六日、検事の第一回の聞取りである。小樽の自宅に古志田警部補が来たとき、平沢が日付など、どっちでもいいや、と思って話したことと同じ内容である。しかし、訊問《じんもん》が二回、三回と重なるにつれて、しどろもどろになり、押収された九星暦の中に書き込んだ、事件前後の行動のメモの食い違いが続々出るに及んで、全く混乱した。

では、事件当日平沢貞通はどこに居たか、である。

彼は、午後一時過ぎに、千代田区丸の内一の一、朝日生命ビル八階にあった、船舶運営会に、次女花子の夫、山口伊豆夫《いずお》を訪ねたことが、同会勤務の女事務員によって証明されているのだった。問題は、そこを何時に出てどうしたか、である。その日、山口伊豆夫の勤めていた、経理部主計課第二係は、夕方五時半から、同係の市川係長が寝泊りしていた、江東区深川佐賀町の辰馬《たつま》汽船寮で、新年宴会兼金村課長の昇格祝をすることになっており、午後一時過ぎには、山口をはじめ、係の大部分は、準備のため外出していた。そこへ、昼休みで外出していた広瀬昌子《ひろせまさこ》が帰ってきて、席に着くと間もなく、平沢が山口を尋ねて来た。広瀬昌子は、前からよく訪ねて来ていたこの老人を、山口さんのお父さんと聞いていたので、自分の持っている、アカハタ日記の同日付のところに「山口さん」と書き込んでいたのである。これが後に、平沢貞通が、この日、同所を訪れたことの唯一の証拠になった。しかし、何時に帰ったかは、はっきりした証明が無いのである。彼が何時に帰ったか、それが問題なのだ。

広瀬昌子の証言によると、その日、彼女は、昼休みに友だちと外出して、日本橋あたりを散歩して、運営会に帰ってきてみると、いつも、正午から一時までの、昼休み中だけ運転しているエレベーターが、すでに止まっていた。彼女は、いつも昼休みには外出し、一時には帰ろうと思いながら、どうしても一時半ごろになるのが普通なので、この日も帰ってきたのは一時半ごろだろうと思った。エレベーターが止まっているので、七階まで階段を上り、一旦部屋に行ってから、洗面所に行って、五分ぐらい頭をなでつけ、それから部屋に帰ると、そこへ顔見知りの山口さんのお父さんが来た。山口氏がいないので、あとで、宴会場で山口氏に会ったとき知らせようと思って、手帳代りに持っていたアカハタ日記の一月二十六日欄に、「辰馬汽船寮にて、金村課長の昇格祝ならびに新年会」と書いてあった下に、「来訪者、山口さん」とメモした。平沢が帰ろうとしたところへ、山口氏が帰って来た。そこで二人は、山口氏の席のところでしばらく話していたが、広瀬昌子が仕事をしていて、ふと気が付くと、平沢も山口氏もいなかった。二人が話していた時間は、長くて三十分以内で、二時にはもういなかった。

これが広瀬昌子の証言である。ただし、広瀬昌子も、山口伊豆夫のところへ来た客は、山口さんのお父さん、つまり、平沢貞通だとは断定はできないが、そのような気がする、と断っている。そのほか、当時同じ部屋にいた人たちは、誰も、山口のところへ来客があったかどうかもおぼえていない。七カ月も前で、この日に、他人のところへ来た来客を思い出せ、というのが無理なのである。

では、当の山口氏はどうかというと、これは、平沢着京後四日目の、八月二十六日と二十七日の両日に、捜査本部の伍堂《ごどう》警部補に、次のように述べている。

「私は宴会の世話役で、午後二時半ごろ会社を出かける予定だったが、その直前、多分午後二時ごろ、平沢が尋ねて来たように思われる。平沢は別に用があったわけではなく、いつものように、ちょっと立寄ったものらしく、三越で水彩画会があるので、これから寄って行く、と言って私よりひと足先に出て行った。私は宴会準備のため、午後二時半過ぎに一人で出かけた。当時の平沢の服装は黒っぽいオーバーだった。これらは、あくまで私の記憶であって、裏付けるものは何もない」

広瀬昌子の証言と、山口伊豆夫の証言を比べると、そこに約三十分のちがいがあることがわかる。山口伊豆夫があとで、公判で証言したところによると、時間はさらにちがってきているのである。二十四年三月二十八日、第十六回公判での山口の証言によると、前の警視庁での証言より一時間ズレて、平沢が来たのは午後三時ごろ、山口氏が会社を出たのは三時半ごろ、平沢はそれより少しまえに帰ったことになっている。このまえの証言と一時間の食いちがいを、山口伊豆夫は「かかりあいになるのがいやで、どっちに転んでもよいような時間を言おうと思って二時ごろと言った」と述べている。なぜあとから一時間のちがいが出てきたかという、裁判長の問には「みなと話し合い、よく記憶を呼び起してみて、総合判断した結果だ」と答えている。しかし、これが正しいとすれば、広瀬昌子の証言とのあいだには、一時間半も食いちがいができてしまう。広瀬昌子の証言通り二時にここを出たとすれば、平沢貞通は、帝銀椎名町支店に三時二十分までに着くことが可能であるが、山口伊豆夫の言う通りならば、とうてい不可能である。また、その中間だとすると非常にデリケートな問題になるのである。

山口伊豆夫は、平沢の帰ったあとで市川係長に挨拶《あいさつ》して出たと言っている。そして、市川係長は、その日、会の準備のため、会場の辰馬汽船寮へ、女事務員たちをつれて行って、やはり二時前後に会社に帰ってきていた。市川係長は「もし私が帰ってきて席にいたら、山口君が挨拶して出る筈《はず》だ」と言っており、当時、同じ部屋にいた市川政太郎《まさたろう》も「山口さんが出かけるとき、係長かだれにかわからないが、山口さんが挨拶して出た記憶がある」と証言している。そして、広瀬昌子も、「平沢さんが来たとき、市川係長は席にいた」と述べている。だから、こんどは市川係長が何時何分ごろに帰ってきたかが問題になってくるのである。

この日市川係長は「同係の五人の女事務員をつれて、昼食後に会社を出、同夜の宴会場である深川佐賀町の辰馬汽船寮に行った。寮までは都電で約十五分、歩くのを入れて約二十分で着く。寮で女事務員を管理人に紹介し、鍋《なべ》や食器類を借り、会社から燃料にするため持って行った箱をナタで割って、女事務員たちが準備をはじめたころそこを出、会社へ帰った」と言っている。市川係長が寮にいた時間を、女事務員の石井千代《いしいちよ》は、三十分ぐらい、同じく淵上《ふちがみ》は三十分以内と言っている。それで、この時間を三十分程度とみて、市川係長が会社を出てから帰るまでの所要時間は最低一時間十分ということになる。また会社を出た時刻について、係長自身は「一時に出かける予定が少し早目に出たから、十二時半前後」と証言した。淵上と石井は一時前、女事務員の堀江《ほりえ》は十二時四十分ごろ、同じく石井政子は一時ごろと証言しているところからみて、早くて十二時四十分ごろとみられるのだ。すると係長が、会社の、自分の部屋に帰ってきたのは、十二時四十分から、最低一時間十分後だから、最も早くみて一時五十分にはなっていたことになる。ところが広瀬昌子の証言では、平沢貞通が来たときには市川係長が席にいたということになっているので、平沢が来たのは、早目にみても一時五十分よりは後ということになる。それから二十分ぐらい話して帰ったという平沢が、二時にはもういなかったと言う、広瀬昌子の証言と食いちがってくる。

　ところで広瀬昌子は、エレベーターはふつう正午から一時まで動いてたと証言し、これをもとにして、自分が帰ったのは一時半ごろだと思う、と言ったのだが、同ビルの船山不動産課長の話によると「記録によると、二十三年一月当時エレベーターは、一時半まで運転されていて、これよりいくらか伸びることはあっても、一時半以前にとまったことはない」ということが立証された。すると、広瀬昌子が会社の自席に帰ってきた時刻を一時半とした推定はまちがいであって、一時半ぴったりにエレベーターがとまると同時に帰ってきたとしても、それから七階までトコトコ階段を登り、洗面所で髪をなでつけたりした時間をプラスしたものでなければならず、二時には二人ともいなかったという記憶は怪《あや》しくなってくる。

　次に山口伊豆夫が何時に会場に着いたかを調べると、これから逆に山口が会社を出た時刻、したがって、それより少し前という平沢の出た時刻が推定できそうである。寮へ宴会の準備に行った五人の女事務員のうち、石井政子と木《き》俣桃子《またももこ》は、ほかの人たちと途中で分れて日本橋で買物をした。二人は途中で別々の買物をしたが、石井政子の証言によると「白木屋で木俣さんを待ちながら、時計を見たら三時半で、それから二人いっしょに寮に行ったのが四時をすぎていたため、まぜずしに用いる酢《す》を買ってくるのを待ちかねていた淵上さんに叱られた」と言う。そしてさらに石井政子は「私が寮に着いて荷物を拡げているときに山口さんが来て『もう少しあなたがおそければ、いっしょになったかもしれませんね』と言った」と証言した。そして山口は「自分が会社を出て寮についたとき、石井政子と木俣さんが、玄関から上がったところで荷物をほどいていた」と証言した。これでみると、山口が三時半すぎに会社を出たと言っているのは、一応つじつまが合うようだが、ほかの事務員の話だとまたちがってくる。それは、「山口氏はもっと早く寮に来て『まだ早いから外で人に会ってくる』と言って出かけ、石井政子のあとから来たのはその外出の帰りだ」という証言である。山口伊豆夫はこれに対して「そんなことは絶対にありません」と否定しているが、もう一人の石井千代もまた微妙な証言をしている。石井千代は、この日御飯炊《た》きの役を受け持ち、二十人の宴会のため、二升の米を二回に分けて炊いた。その証言によると、「山口が寮へ来たとき炊き上っていた釜《かま》の蓋《ふた》をあけて見て、よくできていると言ったが、それは一釜目の御飯で、そのとき二釜目を炊きかけていたときだったと思う」というのである。そうすると、薪《まき》で一升の飯を炊くには約三十分かかるとして、一釜目を炊きはじめたのが、市川係長が寮から会社に帰った直後とすれば、山口氏の来たのは二時と二時半のあいだということになる。その釜の蓋をあけて覗《のぞ》いたということについては、山口伊豆夫は記憶がないと言っている。しかし石井千代の一釜目というのも確実な記憶ではなく、みなと話し合った結果そうだろうと思うようになったというのである。山口伊豆夫が何時にはじめて寮に来たかは、山口の証言にも、女事務員たちの証言にも、そこに証拠がなく、結局水かけ論に終ってしまう。しかし、平沢被告が来たときに、市川係長が部屋にいたという広瀬昌子の証言は、平沢の自供と照らし合せて重要になってくる。

市川係長が女事務員たちを宴会場の準備につれて行って、会社へ帰ってきた時刻は、女事務員たちの証言のなかの最も早い時間をとっても、一時五十分よりまえではあり得ない。そして平沢が来たのがそれよりあとだとすると、それから二十分ぐらい山口氏と話して同所を出たとすると、平沢がそこを出た時刻は、早くても二時十分ということになる。

一方、平沢のこの日の行動に関する自供には二種類あって、二十三年九月二十七日稲佐検事に対しては、

「同日は午前中に弁当を持って家を出て、すぐ山口の船舶運営会に行き、山口に会った。一服吸ったが、月曜日は忙しいと言われて、ここで時間つぶしもできまいと思い、じきに出て上野に行き、永藤《ながふじ》でなんか飲んで、お昼をどこかの支那料理屋で食べ、まだ時間があって、松坂屋の食堂でお茶を飲んで、なんか食べながら時間のくるのを待って、二時半少しまえに御徒町《おかちまち》駅に向った」

また同じ年の十月九日、出射検事に対してはこう述べている。

「二十六日は、きょうはいよいよやるという気持でいっぱいだった。こまかいことは忘れた点もあると思うが、午前中家を出て、国電で有楽町まで行き、そこから歩いて、三菱銀行支店近くの地下鉄改札口脇の支那料理屋で腹ごしらえをした。そこから歩いて船舶運営会の山口を訪ねた。それがたぶん午後一時ちょっとまえではなかったかと思う。そこで、山口のところで十五、六分雑談をした。そのあいだタバコを二本吸った記憶がある。山口は、月曜日で忙しいと言うので、予定の時間つぶしができなかったので、一時半ごろだと思うが、そこを出、東京駅から国電で上野に行き、松坂屋の地下食堂で菓子とお茶をとり、四十分ぐらい時間をつぶして御徒町駅に行った」

それからあとは、二つの自供は一致して次のようになっている。

「御徒町の駅に行き、切符を買ってホームへ上がったら、ホームの時計が二時半に、二、三分まえで、ちょうどいいなと思って、すぐ来た電車に乗り、池袋に着いたらホームの電気時計が三時十分くらい前でした」

三

稲佐検事は、この最後の供述を、当時この通りにホームに電気時計があり、国電ダイヤ、山手内回り線の御徒町二時二十九分発として、池袋二時四十八分三十秒着とも一致するとして「有力な現在証明として、同日の被告の行動の一部はこれによって立証された」と考え、のちの論告のなかでも述べている。

しかし前半の二種類の自供のうち、あとのほうにしたがって、平沢が船舶運営会に行ったのが午後だとすると、一時四十分より前ではあり得ない。というのは、午後は広瀬昌子は、それ以前には会社にいなかったことが先に述べられたことで立証されているからだ。居なければ日記に書き込む筈《はず》はないのである。すると、平沢は、船舶運営会を出たのは、早くて二時十分ということになる。そして、そこから国電で上野まで出て松坂屋に行き、そこでお茶とお菓子をとって、御徒町の駅についたのは二時二十七、八分ということになると、この間十七、八分である。朝日生命ビルから東京駅の山手線ホームまで、急いでも三分四十秒、これに切符を買う時間を入れれば、どうしても四分はかかる。全然待たずに電車が来て乗ったとしても、上野に着くまで七分、上野駅のホームから松坂屋まで四分、松坂屋から御徒町駅まで二分半で、この間歩くだけでも、どうしても最低十七分半はかかる。したがって、これだと平沢貞通は松坂屋の前まで行くことすらむずかしくなる。かりに、これより十分早く、二時に運営会を出たとしても、食堂でお茶とお菓子をとるためには、松坂屋の店内に入り、地下室に降りて、食堂でお茶とお菓子を注文して、それを食べ終って店の外に出るまでを十分ですまさなければならないようになる。これも時間的に無理であると同時に、なんのために、わずか十分の時間をつぶすために、あわてて用もない上野駅にかけつけて、お茶を飲まなければならないか、奇妙なのである。

しかし検事は「平沢被告が松坂屋で時間をつぶしたという自供は捨てがたい」と、論告のなかで述べている。「捨てがたい」というのは採り上げることである。そうしないと、平沢貞通がなんのため御徒町駅で乗ったかが検事にも説明がつかなくなるからである。

そこで検事は平沢が船舶運営会を訪れたのは、帝銀事件当日の午前であるという、平沢の二つの自供のうち、午前中家を出て真っすぐ運営会に行ったというほうを強調した。その根拠は、広瀬昌子が「そのとき女の人はだれもおらず、男の人ばかりだったの。山口さんにあとで知らせようということで手帳につけた」という証言のうち、女の人は誰もいなかったという点にあるとしている。というのは、広瀬昌子が、午前中はだれもいなかったから午後だ、と証言したのに対し、淵上と石井政子が午前中買物に築地《つきじ》まで行き、堀江春子も日記に、午前中ゲンちゃんのお店に行った、という印しをしているから、午前中に女事務員がぜんぶ出払った時間があった筈だから、広瀬昌子の午後だという記憶は信用できない、というのである。そしてそのときの、平沢が来たのは午後だったというのは、すべて被告の近親者である山口の証言に結びつけられ、午後の宴会と結びつけられて午後と思うようになった、というのである。

つまり検事の推理は、①午前中にも五人の女事務員がそろって外出した。②広瀬昌子の記憶は誤りである。③山口伊豆夫の証言はウソである、という三つの仮定を設けてなされているのだ。

では、肝心の帝銀事件の犯行のあった時刻に平沢貞通はどこにいたか、山口伊豆夫の妻（平沢の次女）、平沢の妻マサなどの、家族の証言を総合すると、

「午後四時ごろ日暮里町三丁目の山口方を訪れ、お茶を飲んでから、同家で棒炭のこわれたので作って、平沢方に分けることになっていたタドンを、これもタドンを運ぶのに専用していたボストンバッグに入れて持ち帰り、五時ごろ帰宅した。そのとき知人の進駐軍兵士エリーが来ていて、ふだんと変らぬ様子でトランプなどをいっしょにやって遊んだ」

ということになっている。その通りだとすれば、平沢は、当然アリバイが成立する。だが、これは肉親の証言だけである。この日に第三者のだれもタドンを持って帰ったことを証明するものがないため取り上げられなかった。

検事は、平沢の自供のうち「御徒町駅でホームの時計を見たら、二時半に二分前で、そこへちょうど電車が来たので乗り、池袋に着いたら三時十分くらい前だった」という個所を有力な現在証明であるとして重視しており、これでいくと帝銀椎名町支店へ急げば三時十六分、ゆっくり行っても三時二十四分には着くと述べている。すると、椎名町支店に行くまえに、近所の家でジープが止まっていて、進駐軍と日本人が消毒しているのを見て、ここを伝染病の発生した家として名前を使おうと考え、その家の相田小太郎という標札を見て、帝銀で相田という名前を出した、という平沢の自供に対して、再び疑問が発してくるのである。

なぜなら、相田方に発生した発疹《はっしん》チフスのため、事件当日、ＤＤＴ撒布《さんぷ》と予防注射に、進駐軍公衆衛生課のアーレン軍属とジープで同行した、当時の豊島区役所の衛生課員は次のように証言している。

「アーレンが区役所に来たのは午後二時ごろで、それから十分ぐらい話した後、ジープで相田方へ行った。区役所から現場まではジープで十分で、現場での仕事は十五分くらいだから三時十分ぐらい前には区役所に帰ってきた。時計を見なかったから正確ではないが、ちがっても十分か十五分だ」

そうすると、アーレン軍属のジープが相田方の付近に置いてあったのは三時以後ではあり得ない。すると、平沢が三時十分前に池袋駅に着いたということと、相田方でジープを見たということは、合わないのである。

次には二十三年一月十九日（三菱中井支店）、同十七、八日（山口名刺注文、及び受取り）、二十二年十月十四日（安田銀行荏原支店）のアリバイである。

一月十七日と十九日には、平沢の所在、行動を証言するものはいないが、十八日午前中の名刺受取りのときには、日暮里の山口伊豆夫方に呼ばれて十時ごろ着き、終日マージャンをやって、夕食後に帰ったことが、山口夫妻と、そのときマージャンに加わった山口の弟によって証言されたが、これも近親者の証言であり、これを証明するに足るものがないとして取り上げられなかった。しかし安田銀行荏原支店での未遂事件当日の、二十二年十月十四日のアリバイに関しては、肉親以外の証人二人が微妙な証言をしている。

「この日平沢は、二日後の十六日に予定されていた、長男達也の結婚式の際、列席者に引出物として配る色紙の絵を描くため、終日自宅にいて、そこへ知り合いの二人の婦人が、結婚のお祝いを持ってきた」

と家族が証言している。

そのお祝いにきた婦人客というのは、世田谷区上馬《かみうま》町伊東梅吉《いとううめきち》の妻カメと、豊島区要《かなめ》町渡辺進治郎《しんじろう》の妻貞代《さだよ》の二人で、伊東と渡辺と、二人とも式（十六日）の二、三日まえにお祝いに行ったと証言している。しかしそれが、はたして問題の十四日であったかどうかははっきりしないのである。渡辺貞代は「式の日（十六日）の前日か前々日の午後一時ごろ」と言い、伊東カメは「そのころの昼少し前から午後にかけて」と言いながら、顔を合わしていないのだから、別の日であったことは確かである。

渡辺貞代が行ったとき平沢画伯は家にいて、絵は描いていなかったが、道具は散らかっていて、絵に描いたという菊の葉はあったが、その葉は薄黄色く枯れていた。そしてマサの話では、どうやら描き終ったとのことだった。渡辺貞代は、それから二時間おいて帰ったが、そのあいだに平沢が外出したかどうかは覚えていない、というのである。伊東カメの証言によると、伊東が平沢方に行ったのはよく晴れた日で「東中野駅から平沢宅に行く途中、谷戸小学校の前を通ると、赤や白の帽子をかぶった児童たちが、ちょうどぞろぞろと教室のなかに入って行くところだった」という。

「そして平沢方に着いたのは昼少しまえで、電気パン焼器で焼いたパンを御馳走《ごちそう》になって、それから平沢大暲は色紙に絵を描いたが、それは襖《ふすま》をあけっぱなしにした隣室だったので、ずっと見えた。二、三時間いて帰ったが、平沢は、新宿まで絵具かなんかを買いに行くというので、新宿までいっしょに行った」というのである。

平沢貞通の妻マサが、渡辺に「どうやら絵を描き終った」と言ったのが事実とすると、渡辺の行った日のほうが伊東よりもあとということになる。そして伊東カメが平沢方を訪ねたのが十四日、渡辺が訪ねたのが十五日ということになるが、十四日には谷戸小学校で午前中いっぱい、十七日に行なわれる運動会の練習会をやっていたことが、同校の教官によって証言され、これも伊東カメの見た光景と符合する。これで伊東カメが十四日に訪れたことは、だいたい確実となり、検事もこれを認めているが、伊東と平沢がつれだって出たのが何時だったかという問題が残る。

この時間を伊東カメは稲佐検事に、二時か二時半ごろ、公判廷では三時か四時ごろと述べた。二時か二時半ごろなら、平沢が三時半ごろに安田銀行荏原支店に着くことは可能になるが、あとのほうならもちろん不可能であり、アリバイが成立するのである。

しかし伊東カメは、全く時間を覚えていない。何時ごろかと聞かれて、たぶんそのくらいです、と答えただけである。ただ伊東カメは二つのことを公判廷で述べている。

「平沢方を出たとき、焼跡にとうもろこしの影がかなり長く伸びていたことと、東横線の祐天寺《ゆうてんじ》駅で降りて、自宅に着いたときはまだ暗くはなっていなかったが、夕飯の支度は娘がしていたので、自分はしなかったから、そうとうおそい時間だったと思う」ということである。

十月半ばだと、暗くなるのは五時四十分前後である。そして足の悪い伊東ヵメが、平沢方から自宅まで帰るのには二時間近くかかる。三時に平沢方を出れば、五時には帰れる。そして三時に出たとすると、平沢被告は三時半に安田銀行荏原支店に着くのは無理である。このへんが微妙なところである。検事は伊東ヵメが最初の証言のあとで、時間の証言を改めたのは、平沢被告の家族から頼まれた形跡があるとして、裁判所で確証なしとして取り上げなかった。とうもろこしの影だけではアリバイの証拠にはならなかったのである。

平沢自白の報は新聞社に衝撃を与えた。事件が世界でも類がない上に、当然のことだが、犯人が市井《しせい》の一介の無名の徒でなく、文展無鑑査級の画家平沢大暲だというところにニュース価値が倍になったのだ。普通では、思いもよらなかった犯人の素姓《すじよう》なのである。秋の上野の美術館では、懐手《ふところで》で袴《はかま》を鳴らし、白足袋《しろたび》をのせた草履《ぞうり》で悠然と会場を歩いている、われわれが見かけるあの大家の一人がそうなのである。探偵小説にも滅多に出遇《であ》わさぬ意外性のある犯人であった。

その前からも、平沢が少しずつ犯行を自供しつつあるという情報は新聞社側に洩《も》れていた。何しろ、警視庁が異常に興奮しているのだ。稲佐検事も、山村刑事部長ら、前岡捜査一課長も大事をとって白か黒かまだはっきりしないと言いながら、その慎重な言葉とは逆に顔が赤く上気して、眼が落ちつかないのである。無論、新聞記者たちは嵐のように煽《あお》られている。

平沢が二十三日からはじめた自白は二十七日朝の取調べで完了し、二十八日付の新聞の一ノ面のトップに各紙とも五段抜きで出た。紙の不自由な時代で、タブロイド型からやっともとの一頁《ページ》になったころであった。

——平沢、帝銀犯行を自白　追起訴は十月五日頃。

帝銀毒殺事件容疑者平沢貞通（57）は二十七日朝の取調べで稲佐検事、警視庁黒原捜査係長に対し、去る一月二十六日、帝国銀行椎名町支店に於ける行員十二名の毒殺、十八万円の行金強奪の犯行を自白した。

眼をむくような大きな活字である。それから日本中がこの活字に眼をむいたのである。

捜査本部では、平沢の足どりを次のように推定した。

五月十八日——西巣鴨時代の古い知人、荒川区町屋××番地佐藤健雄方に来ている。

六月末——同氏から一万円借用。
八月十二日——同家に来て一万円を返すと言い、懐中に手を入れて掏摸《す》られたと騒ぎ、逆に千円を借りて被害届を荒川署に出す。
九月——すでに一家は世田谷の従妹《いとこ》の婚家より中野に移り、三日、佐藤に一万一千円を返却。
九月二十三日——この日には同額を佐藤から借りている。
十月十四日——安田銀行荏原支店事件の日には、平沢は銭湯に行ったほか、終日外出せず、自宅に居たと家人は言う。
十月十六日——長男達也の結婚式で三越本店へ。
十月二十日——佐藤健雄に自作画を三千円で売る。
十一月二十五日——詐欺事件で三菱銀行支店に現われていた。
十二月二十七日——三菱銀行の変造通帳で大森の高田方で詐欺未遂。同日佐藤に一万一千円返済。旭日に松の画を置いてゆく。
十二月二十八日——変造通帳で大森の竹中方で二十万円の小切手詐欺。
十二月二十九日——同小切手で日本堂時計店の詐欺未遂。この間、豊島区椎名町五丁目新興マーケット内義弟風間方に月数回出入り。
二十三年一月四日——風間方へ。

一月十七日――朝十時半、山口二郎の名刺註文《ちゅうもん》を受けたと銀座露店商印刷屋斎藤安司は言う。日暮里の平沢の二女の婚家山口伊豆夫方では十一時に同家に来たと言う。
一月十八日――朝十時から午後三時までの開店時間内に渡した覚えがあると斎藤は言い、山口方では、平沢は朝九時半に来て、夜八時半に帰ったと言う。
一月十九日――三菱中井支店事件。
一月二十六日――日米交歓展のため、自作画を三越本店に搬入する。
一月二十六日――午後三時半頃、帝銀事件。午後二時、東京駅前船舶運営会で山口伊豆夫に会い、その足で日暮里の山口方へ。四時半同家を去り、五時半、中野の家へ帰ったと山口方の家人は言っている。
一月二十七日――帝銀事件の小切手を安田銀行板橋支店で払い受けた容疑。
一月二十八日――三菱銀行中野支店に妻マサの名義で三万五千円預入。同日林誠一名義で八万円を日本橋東京銀行本店に預入。このころ、四回、下落合一丁目の油絵具店に現われ千円余の買物をする。風間方にも来ている。また、佐藤方にも来て小樽に帰ると言った。
二月三日――平沢、伊豆の湯ヶ島から伊東旅行。
二月八日――帰京。

二月九日――林誠一名義の預金から三万円を引き出す。
二月十日――横浜から氷川丸で小樽へ。

とにかく、平沢貞通の自白で帝銀事件の捜査は終った。十月二十九日には、警視庁では捜査本部が解散し、打上げ式を行なっている。

さしもの世紀の多量殺人事件も迷宮入りをせずに済んだ。事件発生以来、全国に亙《わた》って調べた容疑者数千名、捜査費も予算をとうに費《つか》い果してしまった。その中で古志田警部補の名刺班の、松井名刺を追って、東北から北海道にかけての捜査の苦労は高い評価を得た。打上げ式には警視総監が警部補の肩を敲《たた》いて高笑いをしていた。

それにしても、安田銀行荏原支店が「松井蔚」の名刺を保存していなかったら、平沢は浮び上って来なかったかもしれない。松井博士が交換先の相手の名刺を一々保存しているという几帳面《きちようめん》な性格の主でなかったら、平沢の名も知れなかったに違いない。それから古志田警部補が、それほど執拗《しつよう》な粘り方をしなかったら、平沢画伯は今でも自宅で日展の出品画を制作しているであろう。一枚の名刺が平沢の首を絞《し》めた。古志田警部補が総監賞を獲たのは無論のことである。

この打上げ式に列席したGHQ公衆安全課主任警察行政官H・S・イートンは捜

査当局の活動を称《たた》えて語っている。

「不可解にも近い障害を克服して帝銀事件をみごとに解決したことは世界でも類例を見ない。諸君は容疑者に手錠をはめたり、護送の途中新聞記者に会わせたことに対し、人権を侵害したとの非難を浴びたが、これは事情を知らぬ者の言である」

――事件捜査は終ったのである。

警視庁の主流に冷たい眼で見られながら、こつこつと名刺の線を辿《たど》っていた地味な、目立たない傍流が勝ったのだ。壁の前に遮断されたままになっていた軍関係の主流派が「北海道で狐に憑《つ》かれた男」に屈伏したのである。

軍関係捜査は消えた。

四

平沢貞通は自供した。稲佐検事はその裏づけをしなければならないのである。このなかで最も検事が困ったのは、毒物青酸カリ入手経路であった。

平沢ははじめ青酸カリを、戦中、巣鴨の近所にあった大正堂薬局の主人吉田達吉《よしだたつきち》からもらったと言ったが、その吉田はすでに死亡していた。未亡人のリウは、青酸カリは無かった、と証言したので、平沢は、次に昭和十九年十月ころ、知り合いの薬剤師野坂弘志《のさかひろし》からもらった、と答えた。野坂の家に調べにやると、これも当人はすでに故人で、未亡人もその事実を否定して駄目になった。また目黒の多摩川薬局の関口《せきぐち》スミが二十二年十二月十五日、平沢によく似た男が青酸カリを買いにきたが断った、と証言した。これは荏原の未遂事件よりも以後の話である。平沢もこれを否認している。遂に、検事は青酸カリの入手経路を確定することはできないと考えた。しかし、この市販の青酸カリは、終戦時にばらまかれたものがたくさんあって、各交番などの管理もルーズだったから、手に入るのも容易だったという理由で、入手の可能性は十分にある、だから敢《あえ》て具体的なつながりがなくとも、ほかの証拠から立証できると考えた。

この青酸カリのことで稲佐検事と平沢は次の問答をした。

検事　お前は青酸カリをいつ手に入れたのか。

平沢　まだ巣鴨にいたときで、あの辺でぼつぼつ焼け出し、落下傘《らっかさん》部隊をこわがっていたときでした。吉田は、私が青酸カリをもらってから間もなく脳溢血《のういっけつ》で死にましたから、十八年の暮れか十九年のはじめだと思います。

検事　そのときの状況は？

平沢　吉田の店でしたが、吉田は、寒いときで、毛布を膝《ひざ》にかけて腰かけておりましたが、よちよち立って行って、すぐ横の薬局に入り、小さいビンに入れ、あたりを見ながら、これが青酸カリですからね、飲むと死にます。凌辱《りょうじょく》を脱れられますから上げます。早くしまって下さい、と言って渡してくれました。

検事　お前がくれと頼んだのか。

平沢　ええ、頼んだのです。ちょうどそのとき女、子供などが凌辱でもされるようになると困るね、という話が出ていたので、なにか死ねる薬がないでしょうか、と聞いたら、そうですね、青酸カリですね、と言いましたので、あったら下さい、と頼んだら、もってきてくれたのです。

検事　野坂の弟に青酸カリをくれ、と頼んだことがあるかね。

平沢　ええございます。まだ野坂さんの弟さんが心臓が悪くて、私は治療に行ってるときでしたから、そのときにもらうという約束をしましたが、見てくれたら、栓《せん》がゆるんでいて、溶解していたので駄目だと言うので、もらいませんでした。やっぱりあの時分から私は青酸カリで金を手に入れようとする計画をもっていたのでした。たしかに根本的な観念はあのころからです。

つまり平沢の自白では、戦時中からすでに青酸カリで大金を手に入れようと考えていた、というのである。多分、このとき彼は検事に見得《みえ》を切って言ったに違いない。

次は青酸カリに関連した、容器の瓶と、駒込型ピペットのことである。帝銀の生存者の言葉だと、犯人の使用したものは「ゴムの少し下が丸く球状にふくらんだ駒込型ピペットが一ばん似ている」ということだったが、平沢はそのピペットは万年筆のスポイトであると言い、それは通りがかりの薬局で買ったと言った。その薬局の所在も何度となく変えているが、その問答はこのようなことである。

検事　スポイトの話がちがっていたようだね。

平沢　ええ、あれから黒原さんにも申上げたのですが、記憶ちがいをしておりました。荏原のときは伊東のところにあった万年筆用の普通のスポイトを水で洗った気がいたします。

検事　玉のついたスポイトはいつどこで買ったか。

平沢　荏原のすぐあとで、去年の十一月ころではないかと思います。場所もどうもはっきりしません。が、あのあたりの露店であったことだけはまちがいありません。資生堂の尾張町寄りの、向う側か、こちらの万年筆屋です。

検事　売った人は女ではないか。

平沢　さあ、それも毎日あそこへ行っておりましたので、ちょうど通って、珍しい品だな、ちょうどいいぞと思って、ひょっと寄って買ったのでしたから、はっきりはしませんが、どうもグロなやつだな、と思った記憶があります。そこにいたのは、三十がらみの鳥打をかぶった男でなかったかと思うのです。それとも、ほかの買いものの者かもしれません。どうもはっきりといたしません。

しかし、青酸カリを入れた容器のビンは、平沢は返事にゆき詰まって、長崎神社の境内《けいだい》のごみ捨て場に捨てたと自供した。それに基づいてその場所を掘りかえしたところが、いろいろな瓶が出た。そのなかから選び出された薄茶色の空ビンのようなものが証拠として押収されたが、これは帝銀生存者のうち、第一薬のビンを見た三人が、そろって無色の投薬ビンであった、と証言しているのとだいぶちがっている。だが、検事は、銀行のなかが暗かったために、薄茶色を無色と見ちがえる可能性はある、と論告のなかで述べている。

また第二薬を入れたビンについては、警視庁鑑識課の村上技師が、三カ月も都内のビン問屋などを探してやっと見つけ出した、というほど特殊なビンであった筈《はず》のものが、自供では、薄茶色の普通の含嗽薬《うがいぐすり》の瓶ということになり、葡萄色《ぶどういろ》の瓶だったという、吉田支店長代理の証言は間違っていることになった。結局、検事は、瓶やピペットや、犯人が各支店長と交換した名刺などはすでに処分されたと見て、服装や所持品に重点をおき、平沢宅から押収した鼠色スプリングコート、茶の背広、黒のフランス型短靴、茶色の長靴、ハンチング、スキー帽、肩掛けカバンを列挙して、いずれも目撃者の証言と一致しうると論じている。

　重要なことの一つだが、被害にかかった金額の使途について、検事側はそれに相当する金額を平沢がどう使ったか確認できないのである。検事は平沢が入手した出所不明の金額は、平井の清水虎之助《しみずとらのすけ》からと言って、妻マサに渡した三万五千円、古河電機の西村啓造《にしむらけいぞう》からと言って渡した一万円、住友銀行の封鎖解除になったと言って渡した九千円と、東京銀行へ林誠一名義でチェーン預金した八万円、合計十三万四千円は確かに存在したと見ている。これらはいずれも押収した九星暦のその日のところに平沢の手で書き込まれているが、それと、伊豆旅行や北海道への旅費を加えても、なお四万円不足するのだ。これらは青酸カリの入手経路、それに使ったピペットの入手経路とともに、検事が最も当惑したところである。

　しかし、それが明白に出来ないからといって、検事は平沢を無罪にする訳にはゆかない。

「被告は検事取調べの際、毒物は青酸カリであって、これは野坂弘志からもらったと、供述していますが」

と検事は論告で述べている。

「弘志の妻テルは検事に対し、その事実を否定しております。弘志本人は既に亡く、この事実を確定する方法もありません。毒物を被告人が入手した事実を証明できれば、これも有力な証拠となるのでありますが、しかし、これが無いからと言って、犯罪事実の確定に支障するものではありません。兇器《きょうき》の発見できない、殺人事件はいくらもあります。贓物《ぞうぶつ》の処分先も判明しない窃盗事件もあります。犯人が黙している限り、これらは確定が困難な問題であります。犯人をして語らしめることにあまり努力することは、自白を強《し》いる結果になりがちであります。要は犯人はだれであるか、証拠をもって確定するのに尽きます。毒物入手を確定するのも、犯人が何人であるかを確定する一つの証拠方法であるにちがいないのであります。およその事件でも明快にすべてを証拠をもって割り切れるというほどに解決できる事件は少ないのであります。必ずどこかになんとなしに割り切れない妙なところが残り、解決できないで終ることは実務上ありがちであります」

もし平沢が真犯人ならば、これだけ自白しながら、なんの必要があってこの二点を隠すのであろうか——。

その平沢は一度犯行を自供しておきながら、十月二十三日になって、突然、自白を翻《ひるがえ》し、面会の弁護人に、

「自分は帝銀犯人ではない」

と涙を流して訴えたのである。以後、彼は公判廷でずっと犯行を否認しつづけているのだ。しかし、検事側は格別、愕《おどろ》きの色を見せなかった。平沢の性格からして、そのことは予期していたと言っている。

稲佐検事は、なぜ平沢が自供を翻したかについて言っている。

「私は第一回公判の直後、被告人の言うた十一月十八日がなんの日かをたしかめるために、拘置所の受信簿を見に行きましたところ、その記載に、その日、被告人に手渡された書信に、和歌山市の村松《むらまつ》タカエという一女性から、『自分はあくまでも無罪なりと信じ、正々堂々と何人にも屈せず公判に申述べなさいませ、いまから二十三年前にただいま御息女様が感受されている御苦悩を受けたものより』という意味のものがあり、被告人は同日これを読んでいるのであります。私はこれを見て釈然とわかったのであります。被告人は最後の父性愛から、娘たちの苦しみと、不名誉とを救うために、否認の決意をこの手紙によって固めたのであります。このような否認が真実であるかどうかは自ら分ってくることとであります」

平沢が犯行を否認するとなると、それまで貧乏をして、友人などから千円、二千円と借りたり、二千五百円のベビー箪笥《だんす》代金が一時に払えず三回に分けて払っているくらい貧乏していた彼が、事件直後、宮園町の家を修理したり、借金を急に払ったり、事件直後の二月九日に四万五千円近くの預金をしたりしたその景気のよさが不可解である。そこで検事はその金の出所を追及することになるのである。

平沢はそれを釈明した。飯野《いいの》海運株式会社の前社長花田卯造《はなだうぞう》から昭和二十一年十一月ごろ（預金封鎖実施中）花田の世話をしていたある婦人に渡すべき金十万円をたしかに謝礼として内証で受け取った。その金を家族に見つからぬように、自宅の自分の部屋の画板のあいだにかくしておいて、家族のすきを見て二十三年一月二十一日に東京銀行に預けたというのである。

しかし、花田卯造は二十二年八月に死去している。未亡人は、平沢が二十一年十一月ころ来たことは認めたが、金は渡さなかったと言っている。また花田の長男や秘書も、すべて平沢の言うような事実はないと否定した。もし花田から実際に十万円もらったとしたならば、それを一年以上かくし持っていて、しかもその間に他から借金などをしているのは、検察側に不信を抱かせたことである。

椎熊三郎《しいくまさぶろう》、林輝一《はやしきいち》、清水虎之助《とらのすけ》などを平沢は自分のパトロンと言い、それぞれから金をもらったと言っているが、椎熊三郎、林輝一両人はこれを否定し、清水虎之助については、どのように調べてもその存在が判らず、結局これは平沢の作り上げた架空の人物ということになってしまった。

もし、平沢が実際に犯人でなく、また金を或《あ》る人たちから受けとっているとしたならば、どうして素直に金の出所を自供しないのであろうか。死んでも言えないなにかの理由が彼にあるのであろうか。

実際の平沢の犯罪の動機は何か――。

平沢は検事の訊問《じんもん》にそれを答えている。

「その動機のことで申し上げます。少し大きくなりますからお聞きとり下さい。絵の研究も法隆寺の壁画の模写ばかりで、文部省のほうでも世界に誇る油絵の母であるテンペラの研究に力を入れるかわりに疎外されていて、その研究のいちばんの重《じゅう》鎮《ちん》であった岡田三郎助《おかださぶろうすけ》先生が亡くなられてからは私は一身にその重責を受け継いだ形になりました。なんとかしてこの技法を完成して、単に日本だけでなく、世界に誇る芸術の誇りを完成しようと、そればかりに日夜技法の研究のかたわらこれと並行して、そういう機関を完成したいという観念が猛烈に湧き上っておりました。それを助けるために、研究所の復活、研究所の整備、機関の充実、そういったことにいろいろ考えをまとめて参りました。それを作ろうとするにはそうとう多額の金が要るということがわかって参りました。テンペラ画会を最高の資金画会として始めたのですが、その運動も割合に遅々として進まず、私が仲間から羨《うらや》ましがられた工業クラブで画会をやった当時の全盛時代は過ぎ、復活は遅れて進まず、戦争の画会に対する打撃のつらさを痛感させられました。それで悪いこととは思いましたけれども、今度のようなことにヒントを得ました。一つには日本だって戦争とは言いながら他国人からどっさり略奪して、かえってそれが金鵄《きんし》勲章をもらう結果になるのをみたら、この自分のやる大事業が完成したらば、悪いことをしてもいくらか許していただけるんではないかという、自分勝手な解釈をしまして、その計画を実行しようと思っていたのです。ところが私にも金のほしい事情が出て参りまして、ちょうど手もとにありました青酸カリに気がつき、第一回にはろくろく研究もせず、耳かき一杯の微量でやったため、荏原で失敗し、続いて中井で失敗して、その間に、相当多くなければ効力がないということを考え、これ一回でやろうと決心して、残り全部を水に溶かして、最後に椎名町へ行きました。ここでやり損ったらおしまいだと決心して行ったのです」

要するに、平沢画伯はこの残虐な犯行を犯した動機として、第一にテンペラ画復興の資金にしたいためと言っているのである。

稲佐検事は、この「動機論」を認めた。

五

平沢貞通は取調べの途中で何回もまえの言葉を変えたり、見えすいた嘘をついている。平沢の嘘はこの事件で取調べを受けたときにはじまったものではなく、すでに普通人の生活でも見えすいた嘘を言っていることは家人もこれを認めている。妻のマサは「コルサコフにかかる以前にはそれほど見えすいた嘘はつきませんでした」と証言している。

平沢がコルサコフ病にかかったのは、十数年前、自宅で飼った飼犬に嚙《か》まれ狂犬病予防注射をしてからのことで、この病気の特徴は物事を忘れやすくなり、しかも中断された記憶をもっともらしい嘘で固めることにある。こういう性格は暗示にかかりやすいということを、平沢を鑑定した植松《うえまつ》教授も語っている。同時にまた否認の自己暗示にもかかりやすいというのである。やりもしないのにやったように暗示をかけると、そう思い込む反面、やったことを自己暗示によってやらなかったと信じてしまうこともあるのである。

平沢の自供には、嘘や矛盾が到るところにある。たとえば、青酸カリ入手経路についても、いく通りもの自供をしながら、検察側がこれを裏づけようとすると、ぜんぶ反証が上がってしまうのである。

平沢が弟の貞健の死体を見て、帝銀の被害者を思い出して泣いたという嘘は、彼が検事に対する迎合的な嘘の見本のようなもので、彼が貞健の死体を見ていないことは証明されている。これは平沢が弟の死を聞いて小樽から急いで旭川に行ったとき、貞健はすでに遺骨となって仏壇に飾られていたのである。

検事もこの平沢の性格に触れて言っている。

「しからば被告の性格はいかなるものであろうか。このことは内村《うちむら》、吉益《よします》両氏鑑定書に遺憾なく報告されている。この鑑定書は本件犯罪発生当時、並びに検事に自白した当時及び公判当時における被告人の精神状態に異常があるかどうか。もしあるとせば、その程度についての鑑定が命ぜられ、右鑑定事項についての鑑定書であるが、被告人の性格はその鑑定経過のうちに遺憾なく分析されている。そしてその要旨は、原審判決に的確に規定されている。すなわち被告人は生まれつき多少の発揚《はつよう》性《せい》性格（回帰的にほがらかになる性格）と顕揚性《けんようせい》性格（実際にある以上に自分を見せようとする性格）とをもっていたが、大正十四年ごろ狂犬病の予防注射による脳疾患（コルサコフ症）にかかり、約一年経って回復してあとはその性格を変え、右発揚性性格と顕揚性性格とがいっそう著しくなり、強い誇大的傾向、自己感情の昂進《こうしん》と虚栄心、誇張癖、芝居じみた態度などの異常性格を示すようになり、その結果欺瞞《ぎまん》虚言（他人のみを欺く）癖と空想性虚言（他人と自分を欺く）症とを現わすようになったと言っているのである。このような性格を理解することによってはじめて本件犯罪の異常な性格を理解することができると思うのである。本件を通じて一貫して感ぜられる特徴の一つは、被告は実に多くの嘘をついていることである。平沢の嘘つきはいまにはじまったことではなく、コルサコフ以前からあったもので、すなわち鑑定書の（考察と説明）項にも明らかなように、被告人平沢の性格の特徴の最も重要な一つは、実際にある以上に自己を見せようとする欲求であり、この中身のない外面を飾る性質は精神医学的に顕揚性（誇張性）と称するもので、いわゆるヒステリー症性格の中核をなすものである。そしてこの性格はコルサコフ症のあとにおいて、この顕揚性性格はいっそう著しくなったのである。弟貞敏も『兄はコルサコフ症を患《わずら》うまではそうでもありませんでしたが、病気をしてからなんでも誇大に話すようになりまして、今度絵が十万円で売れたとか、五万円にはなる筈《はず》だとか申しますから、また大法螺《おおぼら》がはじまったと思って、別に相手にもなりませんでした』と述べている。また平沢と以前に関係のあった鎌田《かまた》リヨも、『平沢は五十円のチップをやれば二百円やったとか、五百円の色紙を千円で売れたとか、軍の嘱託になって飛行機の迷彩を施してたいへんえらい待遇を受けたとかいう嘘を平気で言っていた』と言っており、また野坂喜代志《きよし》方に寄宿中も、食事のことや、野坂の次女の婚家先の木本正《きもとただし》がマニラにおいて行方不明になったので、生死の取り調べ方の依頼を受けたときも、嘘の報告をして平気でいる。また食事のことで嘘がばれても平気でいるので、野坂方からポーカー・フェースと呼ばれていたということである」

「また平沢は長男達也が出征するのに際し、見送りに行くと言って家を出掛け、帰ってからは妻に対しまことしやかに見送りの状況を話して聞かせたが、実際はまぜんぜん見送りしていなかったのである。そのほか数々の嘘があり、一家の者はまたはじまったと言って相手にしなかったということである。そして逮捕後においても平沢は数多くの嘘をつき、それが暴露されているが、それがばれても平気でいるところに一つの特徴があると思われる。例えばかような例もある」

「昭和二十三年十二月六日、拘置所で密書を持っているのを監守に発見されたのであるが、その密書は被告平沢の厚手の靴下の土踏まずのところにまるめて固く糊《のり》づけしてあったのである。しかるに被告はこれを発見した監守に対し、上着の上ポケットへ入れておいたものが下へ下がってそこまで入ったのだと弁解して、落ちついて平気な顔をしていたというのである。まことに野坂喜代志の指摘しているようにポーカー・フェースである」

「およそ嘘は多くの場合自己の利益を追求する目的をもって故意になす場合が通例である。しかしまたそのような目的を第二義として、嘘そのものを目的としてなす場合がある。この場合には人を驚かすか、あるいは見栄をはる場合とか、そのほかであるが、これが発展して自己暗示によって自分にも真実性を持ったように考えるのである。これが空想性虚言症と言われるものであるが、詐欺犯のなかにはこの自己欺瞞性を利用したものも多いのである。この場合には不道徳とか、違法であるとかの意識が稀薄《きはく》になるか、または全く欠如してくる場合もあるのである。被告平沢の嘘の特徴は、それがばれても平気でいるところにあり、これは内村と吉益両鑑定人が指摘しているように、空想的虚言症であると言わなければならない。しかしまた被告の行動はすべて空想的虚言のみではなく、意識し他人をだまし、欺瞞、虚言癖も多分にあるのである。この犯行で、大勢の人のいる銀行へ行って防疫官吏と称し信用させるのは容易なことではないと思われるが、本件のことはその点は実に容易に成功している。被告は以前強窃《ごうせつ》をとって押えたところ、強窃が改心して恩返しに来たということを宣伝し、これが新聞にも載ったくらいであるが、妻マサや妹キミは信じていないのである。キミの語るところでは平沢がこの辻《つじ》強窃の話をするときは本人自身それを信じているかのごとく真に迫っているとのことである。そしてそれならばこそ多数の人を感動せしめるのであって、このような現象は空想力の強い人が、自己を実力以上に見せかけようとする強い衝動にかられる場合にしばしば見られるところであることは鑑定書に述べられているとおりである。被告の空想性虚言症、芝居じみた態度、欺瞞的虚言癖によってはじめて成功したのであると言い得るのであろう。また被告が統計やラジオに興味を持ち、絵の具の調合などをやっている点を見れば、単なる空想よりも多分に実践的という点も考えられるのである」

喚事のこの言葉の中に、「平沢と以前関係のあった鎌田リヨ」という女名前が出ている。

平沢貞通の写真を見ると、初老の瀟洒《しょうしゃ》な好男子で、おだやかな気品を感じる。若い時には、さぞ女たちに騒がれたに違いないと誰もが想像するのである。

鎌田リヨは、十六歳のとき、小樽で平沢から絵を半年ほど習ったことがある。その後、彼女は結婚して平沢との間は没交渉となったが、昭和四、五年ごろ、平沢が指圧の講習のため北海道に来たとき、リヨは夫と一しょに指圧を習い、平沢と再会した。平沢も彼女の家に遊びに行ったりした。昭和十三年、リヨの夫が病死したので、平沢は彼女の家に悔《くや》みに行き、そのとき彼女から将来指圧師になって生計を立てたいとの相談をうけ、平沢も指圧の免許状をもらうように斡旋《あっせん》を約束した。リヨは娘三人を連れて北海道から上京、東京に住むことになった。平沢は彼女の家に度々遊びに行くうち、二人の関係が出来てしまった。

平沢は鎌田リヨの家に行っても、一時間とは居らず、泊ることも決してなかった。しかしリヨは平沢から財政的援助はしてもらっていないと検事に答えている。

「先生（平沢）から金をもらったのは一しょにスケッチに行って描いた絵が高く売れたからと言って、二、三十円ずつ数回もらったことがありますが、それも辞退したけれど、私のおかげでよく出来たからというので貰《もら》いました。その後、帯止を一本もらったきり、何ももらいません」

平沢は、しかし、この鎌田リヨに十万円渡したことがあると検事に言っているが、リヨは絶対にそんな事実はないと主張している。平沢は彼女を「二号」と呼んでいるが、リヨの方では別に生活費をもらっているわけではないので、そのつもりではなかった。

この鎌田リヨと平沢の関係が妻のマサに知られたのは、昭和十五年ごろで、マサの弟の風間龍が偶然に発見したのだった。そのときも、鎌田リヨは、平沢と手を切ってくれという平沢の妻の抗議をうけて、先生さえ出入りしなければいい、私は金銭的なものをもらっていないのだから、何とも思わない、といった意味のことを述べている。

平沢は、鎌田リヨとかつて心中を図《はか》ったことがあるとも言った。そのことは、内村、吉益両鑑定人の「平沢貞通精神鑑定書」には、このような文章になっている。「平沢は、荻窪《おぎくぼ》にいる妻の親友のアパートに鎌田をおいていることが発覚したので、かくて湯沢温泉への逃避行となったのであるという。その頃、口癖のように『死ぬ死ぬ』と言っていたが、妻マサは彼が絶対に死ぬ意志のないことを看破していた。恰度《ちょうど》、戦場が原へ画を描きに行くことになっていた前日になって平沢は鎌田と二人で姿を消したのである。鎌田の話では、平沢から北海道へ伝言したいことがあるから駅で会いたいと言うので行くと、『死ぬ決心をしている』と言うから、北海道へ帰りましょうと言って宥《なだ》めたが、どうしてもきき入れない。そこで止むを得ず、自分の金で湯沢温泉へ連れて行って静養させることにした。同地で二人は十日間滞在したが、その間、平沢は朝枝《あさえだ》（平沢の小学校時代からの友人）へ遺書を送った。『僕は死ぬつもりだ』と言い、『死にたい、死にたい』と言ったが、ただ口だけで本当に死のうとはせず、一しょに死んでくれとも言わなかった。鎌田のみたところでは真剣味がなかったということである。

平素から平沢は女性に甘えたいような愛情の求め方をする男であると言っている。昼間、駅の方を見ていて、急に『うちの娘がつけて来た』と言ったりした。『娘さんがこんなところへつけて来る筈がない。あなたがうちのことを考えているんでしょう』と言うと、『そんなら松野《まつの》さん（知人）へ手紙を出す』と言って書きかけて、また止めてしまう。しかし夜はよく睡ったということである。子供を扱うように手《て》古摺《こず》って、しゃにむに小樽へ連れて行ったのであるという。

以上の行動は誰が見ても作為のあるわざとらしい、少なくとも半詐病的な現象と言わねばならない。朝枝保雄《やすお》の語るところによれば、平沢は一時行方不明になっていたが、鎌田と二人でひょっこりやって来た。そして、温泉で心中するつもりでいたが、星を見て思い止《とど》まったと言っていたが、その様子は元気に見えたと言っていたる。鎌田によると、平沢は泣いて悲しんでいるかと思うと、次の瞬間には、けろりと変ってしまうことがよくあるという」

平沢と鎌田リヨとの関係は、昭和十八年ごろに終っている。しかし、このリヨとの関係で、妻マサとの間が冷たくなり、夫婦別れをしたくらいであった。その後も、同居はしているが、妻は平沢を憎み、夫婦関係を絶っていると検事に述べた。

ところが、平沢は、とうに手の切れた筈《はず》の鎌田リヨを帝銀犯罪の動機の一つのように検事に述べているのである。

「第一は私の家庭の空気ですね」

と彼は言っている。

「前からの鎌田事件で、家族の者の私に対する感情が極度に私を憎む気持に集中され、妻や子供の態度がそれ以後、非常に冷やかになり、家庭にいるのが面白くなくなって、無反省な自棄《やけ》気味の気持になって、家を離れて、ほかに享楽を求めるようになってしまったのです。家内の弟の風間龍がこの私の気持に一種の同情をもって、義兄《にい》さんも可哀想だから、姉さんが知らなければ鎌田をそのままにして置きなさいよ、と言ってくれたほどです。

そして一つには小樽の父母も鎌田を公認していましたから、私は家族には内緒で、表向きでは手を切ったことになっている鎌田と依然関係をつづけていました。下馬《しもうま》にいた当時には鎌田からも直接男の名前で手紙を寄越して居りましたし、私も鎌田の姉である小樽市花園町田上方へ宛てて、手紙を出し五百、千と金を送って居りました。

こんな関係で、下馬に居った当時から、出来るだけ小樽に行って滞在することを計り、計画していたのです。それには相当金も要るし、鎌田と少しは温泉へも行って、享楽したいという気持もあったのです。この気持は、今度の荏原（安田銀行未遂）でやった前からのひきつづいての気持でした」

平沢は、これにつづいて別の女関係を得意そうに述べている。それは小池静枝《こいけしずえ》という女で、彼が中学時代、彼女が小学校時代のときの仲よしで、そのローマンスは当時の土地の新聞にも出たくらいであるという。その小池静枝が樺太《からふと》から引揚げているることを、二十年の一月、北海道出身の連中で新年宴会をやったときに聞き、ああ、来てるかなあ、となつかしくなり、後になって、また、銀行をやろうという決心が情熱を加えて来た、と言うのである。

「私は鎌田リヨよりも、一月になっては静枝ともう一度昔ながらの享楽気分に浸《ひた》りたいという気持の方が強かったのです。それにも金が必要だったのです」

と検事に供述している。

要するに、銀行襲撃の動機の一つに、この二人の女を平沢は引き合いに出しているのである。

検事の取調べでは、彼は自ら悪徳者たろうとふるまっているようだった。無論、これだけでは「動機」が弱いことを平沢自身は知っている。だから、彼はつづいて述べている。

「それから、このようにお金が欲しい時でありましたから、一方、画の方の仕事は終戦後、いや、戦時中からの社会情勢の結果、以前ほどの実収入が無く、売行きも戦前の半分ほどのもので、物価は上がる一方ですし、全く経済的に不如意勝ちで、家内からせがまれて家に入れる月々の金にも相当の苦心を要せねばならなかったのです。それで何とか言い逃れにと思って、やがて金が入る見込みがあるということを家内に負け惜しみから見せたいと思って、清水さんの画会が出来たと架空の清水さんを持ち出して一時を糊塗《こと》していたのですが、その言い訳も長く続ける訳にもゆかず、七転八倒して、どうかして金を作らねばならなかったのです」

その次に述べた動機が「テンペラ画会復興」であった。

しかし、平沢の言う女関係には、彼らしい誇張がある。鎌田リヨ、小池静枝のほか三門喜美《みかどきみ》という名の女が出てくるが、これはずっと古い昔の女で、どの程度平沢と交渉があったか分らない。小樽の芸者で玉蝶《たまちょう》という名の女も平沢の口から出てくるが、調べてみてそんな女は居ないことが分った。最も関係の深かったと思われる鎌田リヨにしても、平沢の一方的な主観が強く、また彼から一文の送金もなかったと言っている。

平沢は検事の取調べでは平気で嘘をならべている。それが暴《ば》れると、次の嘘を言う。これには検事もたびたび手を焼いて、

「お前の言っている嘘をならべたてたら、どれだけあるか分らないよ」

と言うと、

「たしかにそうです」

と平沢は平気で返事しているのである。

この平沢の「嘘つき」については、「精神鑑定書」は、

「すぐばれる嘘を平気でつく。企《たくら》みでなく、衝動的な嘘であって、大てい利益は眼中になく、無邪気な嘘である。このような思考は、被告人の願望と防禦《ぼうぎょ》傾向が知らず知らずにはたらいて生起してきた妄想的な空想とみなしてもらってもよく了解出来る。況《いわ》んや被告人の性格が空想的欺瞞《ぎまん》的であるにおいてをや。被告人の性格は如《い》何《か》にしても正常と認められないものであって、これに異常性の診断を付すべきことは疑いをさしはさむ余地がない」

と診断して、

「被告人の精神状態は大正十四年にうけた狂犬病予防注射によって起った脳疾患の影響による異常性格の状態で、その特徴は顕揚性並びに発揚性精神病質に相当する

もので、その最も前景に立つ現象は欺瞞虚言癖と空想性虚言症である。但し、その程度は自己を統御する能力の著しく減退した状態と言えるほど高度のものではなかった」

と鑑定し、犯罪責任追及には支障の無いことを意味している。

平沢はこのようにして起訴され、公判に廻《まわ》された。彼の白髪はふえ、皺《しわ》の刻みが深くなっていた。口では絶えず、普賢菩薩《ふげんぼさつ》が現われてどうのこうのと呟《つぶや》いていた。

六

R新聞論説委員仁科俊太郎は、毎日、朝は早く起き、夕方、新聞社から帰ると、夜遅くまで、「強盗殺人被告人平沢貞通」の捜査記録や、検事調書、検事論告要旨、裁判記録、精神鑑定書、被告人手記、弁論要旨などを読み耽《ふけ》った。厖大《ぼうだい》な量で、大風呂敷《おおぶろしき》に包んで三山くらい自動車で抱えこんで来たときは、女房が愕《おどろ》いたものである。

読むのに楽ではなかった。量のことだけではなく、薄い和紙の綴《と》じ込《こ》みの謄写版《とうしゃばん》だし、検事と被告の問答は片カナ書きである。それから記録を、あれもこれもと読んでいくうちに、どうかすると樹海の中に入ったように筋道を見失ってしまう。

それでも、帝銀事件という過去の大事件については、おぼろな概念が記憶にあって、どうにかこの無愛想な記録書の山を、あまり迷わないで踏破《とうは》したと思った。そのかわり暇がかかったものだ。

仁科俊太郎の論説の受け持ちは、教育方面である。文部省の方針とか、勤評問題とか、日教組問題なら手馴《てな》れて呑《の》み込みが早いが、このような専門外の刑事事件の記録を読むのはひどい苦労だった。

そのため、彼は、あらゆる社外原稿や会合を断って、この記録の読破に当てた。講演は頼まれると気軽にひきうける男だったが、それも当分は謝絶ということにした。

「ずいぶんご熱心ね？」

女房は、彼が酒も飲まずに、社が退《ひ》けるとまっ直ぐに家に帰ってくるので、機嫌がよかった。書斎に珈琲《コーヒー》など持って来ては、記録から脇眼もふらずにメモをとっている俊太郎を覗《のぞ》いた。彼は黙っている。

「平沢の死刑、まだなんですか？」

「まだらしい」

夫は片カナに眼を晒《さら》してぼそりと言った。

「判決があって、もう随分でしょう？　どうして早くしないんでしょう？」

「獄中で病死するのを法務省では待っているのかもしれない」

「どうして？」

女房がそこへ坐《すわ》り込もうとしたので、彼は渋い顔をした。

「おれにもよく分らない。多分、平沢を処刑するには理由が弱いのかもしれないな」

「だって、死刑の判決があったんでしょう？」

「判決と執行とは別だ」

「どうして別なのかしら？」

俊太郎がむつかしい顔をしているので、女房は遠慮そうに呟いた。

「あんな極悪人、早いとこ処刑してしまえばいいんだわ。十二人も毒殺しておいて。ずっと新しい事件で、たった一人きゃ殺さない犯人がさっさと死刑執行になってるんじゃありませんの？」

「そうかも知れない」

仁科俊太郎は顔を上げた。

「お前、平沢のことを知ってるか？」

「当時の新聞で読みましたわ。じゃんじゃん書き立ててあったんですもの。あんな極悪人はないと心から憎んだわ。死刑の判決は当然だと思ったわ」

「そうか」

仁科俊太郎はメモの万年筆を措《お》いて、煙草を咬《くわ》えた。煙をふかして考えるような眼つきをした。

「あなた、そんなに沢山な記録、どこからお借りになりましたの？」

「社には検察庁や裁判所を廻っている係りがいてね。そいつに頼んで、借り出してもらった」

「大へんなご勉強ね。そんな帝銀事件の記録などお調べになって、どうなさるんですか？」

「興味をもっただけだ。僕が外国に行ってた間の事件だからね。さあ、あっちへ行ってくれ」

仁科俊太郎は、女房を書斎から出すと、畳に背中をつけた。天井に縺《もつ》れて上る煙に電燈《でんとう》の光が当っている。それを眺めながら、女房の言った「平沢極悪人説」を考えた。恐らく世間の大部分の考えがそうなのであろう。最高裁の判決もあったことである。

仁科俊太郎が読んでいるのは、その最高裁判決の基盤となる捜査記録や検事調書であった。ここまでは、どうやら彼も理解したつもりである。次は、検事がそれをどう纏《まと》めて、どのように理論づけしているかである。

仁科俊太郎は、畳から起き上がって、また「検事論告要旨」に向った。

「――本件の特徴は、確証がないことだと巷間《こうかん》では言われています。たしかに椎名町の帝国銀行椎名町支店における直接の犯行についての物的な証拠は、ただ被害者などに与えられた毒薬の飲み残りと腹中に入った毒液だけであって、しかもその双方には、青酸カリまたは青酸ソーダ、もしくはその混合したものということを肯定出来たにとどまり、それ以上の判定はほかの状況証拠と相まって論じなければならない態《てい》のものであります」

と検事は理論を展開している。

「しかしながら犯人は右の直接現場以外に、荏原の安田銀行荏原支店において同種の犯行をして飲ませて失敗し、さらに、中井の三菱銀行中井支店でこれを行なおうとして中止、さらに帝国銀行椎名町支店の、犯行の贓物《ぞうぶつ》である小切手を使って、安田銀行板橋支店で現金の払い戻しを受けているのであります。そのために、三つの重要ないわゆる証拠を残していっており、しかもほかの多くの直接または間接証拠を提供しているのでありまして、これらの四つの現場の証拠を総合して犯人を確定することになるのであります。ここであるいは、前二つはべつの人だ、または小切手を引出したのはべつの男だという立論がされるかも知れませんが、それは探偵小説趣味の話としてならば格別、荏原や中井の現場の犯行は新聞その他にひとつも公表されず、模倣《もほう》の余地もないものでありますから、その手口はまったく椎名町の犯人のそれと同一であり、人相も酷似している点から、また小切手の引出しも帝銀の犯人となんらの関係ないものの所為とは認められず、しかも色眼鏡などで変装しておって、なお人相の酷似している点から同一人の所為と認めるのが妥当なのでありまして、その中の一つでも被告人の所為でないことが判然とするならば、検察官といえども無罪の論告をしなければならないところなのです。以上の観点からその証拠を総合的に観察いたしますと、

一、物的証拠　イ松井蔚の名刺　ロ山口二郎の名刺　ハ小切手の裏の持参人の住所記載

二、自白

三、その他の直接または間接証拠　イ人相　ロ所持品、服装関係　ハ贓金関係　ニ現在証明関係

四、状況証拠　イ本件の動機　ロ被告人の犯人適格　ハ被告の言動

とすることが出来ます。その順序にしたがって申し上げたいと思います。

一、本件のあらゆる証拠は、その三つとも完全に被告人につながるのでありまして、被告人の犯人であることはこれによっても立証出来ます。まず松井蔚の名刺について申し上げます。その名刺は先にも申し上げたとおり、松井蔚氏が昭和二十二

年三月二十五日、宮城県県庁舎の地下室で印刷した百枚の中の一枚が犯人の手に渡り、これを犯人が安田銀行荏原支店長に対して自己の名刺として差し出し、支店長は支店長代理とともに、これを即日荏原警察署の為賀岩雄《いがいわお》警部補に渡し、同警部補は同署の捜査主任とともにこれを検討したのち、人相書などを記入したメモを一枚と、紙《こ》よりでとじて自己の筐底《きょうてい》につっこんでおいたところが、いわゆる帝銀事件の勃発《ぼっぱつ》の翌日驚いてこれを警視庁捜査本部に提出し、爾後《じご》同範囲で検討されていたものので、その間にメモが取外されてどこかに紛失せられたものであります。この名刺は、被告人が松井氏からもらい受けたものでなかったとするならば、もはや被告人にほかのいかなる考えがあっても、まず困難なのでありますが、この名刺こそ被告人のもらい受けたものであることが明白なのであります。被告人は当初、松井氏からもらった名刺は、裏にインキで住所が書いてあったもので、使えないものであることを主張し、しかもその名刺は省線三河島駅で電車を下車する際掏《す》られたものであることを主張しておりますが、その主張はいずれも嘘であります。証人松井蔚は、インキで住所を書いてやったことは絶対にないと否定し、しかも通常同証人は万年筆を携帯していないという客観的事実からして、その条件はまちがいないと言わねばなりません。被告人も同公判廷においては、インキで書かれたのではないことを認めております。次にスリの点でありますが、なるほど当時三河島派出所に被告人が、わに皮財布をとられたという届出をしていることはまちがいありませんが、その届出自体がじつは嘘の届出であることを被告人自身いったん自白しているばかりでなく、客観的事実からもこれが証明を得られるのであります。したがって被告人が受取った松井の名刺は使えないものでもなく、掏られたものでもなかったことがよくおわかりだろうと思います。それではなぜこの嘘を言い、またいつごろこの嘘を言いかけたかが重要な点でありますが、それは昭和二十三年二月十三日からでありまして、しかもそれは被告人に対しなんらの嫌疑をもっていなかった、小樽署の巡査部長に対してなされているのであります。そうしてその後、逐次《ちくじ》その主張を強化しております。なぜ捜査される前からこのような予防線をはらねばならなかったかは、推察にかたくないことであります。

以上によって、被告人の松井名刺と荏原の松井名刺とが同一でないという予防線は突破せられ、すべて工作されたものであることが判明し、先に申し上げました九分の一パーセンテイジを、その工作のゆえにかえって推定を強めますと同時に、さらに進んでこれがまったく同一物であることを立証します。それは被告人の自白によって初めて明らかになったことでありますが、それまで私たち捜査に従事していたものはすべて、この名刺にはなんらの隠れた記載もなかったものであると信じてまいりました。ところが被告人は、九月二十六日、第四十三回の調べの際、自から、この名刺には鉛筆で裏の右肩に、上から仙台市云々《うんぬん》と松井さんの住所を書いてもらい、私はこれを使うつもりでゴムで消して、あとを親指の爪《つめ》でこすっておきましたと言い出し、さらにこれを鑑定させてみせてください、必ず消したあとはあるはずですと強調し、その鑑定を嘱託しましたところ、警視庁の村上技官も東京大学の塚本教授もともに、その該当の部分に紙の線の乱れを認め、ゴムで消したあとと認められるものだとの鑑定を得ているのでありまして、これによってその自白の真実さが裏づけされるとともに、被告人のもらった名刺と、安田銀行荏原支店で使われた名刺とが同一物であることが認定出来るのであります。もっとも被告人は公判廷では、鑑定をしてみてくれと主張したのは、自分のもらった名刺を使ったのだということを立証するためではなく、自分が掏られた名刺かどうかを確かめるために鑑定を頼んだと言っておりますが、なんの必要があってそのようなことのためにこんな主張をする必要がありましょう。どちらが自然であり真実であるかは、健全な常識をもって判断すれば当然わかることだと思います。ただここで一言しなければならないのは、捜査のまずさから迷いを生ぜしめている点がありますので、ここでこれを明らかにしておきます。それは二点ありまして、その一つは、その名刺の裏から消した字が読めるかどうかについて、警視庁鑑識課の村上技官に鑑定を求めましたところ、意外にその右上から『板橋区、練馬安田銀現場、または湯』という字が読みとれると報告されたことであります。

これはまったく、被告人が消したという仙台市云々という松井氏の住所とは似ても似つかない文字でありまして、私もどうしてこんな字が出たか迷うたのであります。被告人にも、書いた覚えはないかと度々《たびたび》聞きただしました。また、もしかして捜査関係者が書いたものではないかと、荏原署の為賀警部補をはじめ、捜査官でこの名刺に触れたことのあるもの全員に、自己の名刺にこの文字を記入させて提出させ、その筆跡と松井名刺の裏の字との照合を科学捜査研究の高村技官に頼んだのでありますが、高村技官は即日、この名刺の裏の字は読めませんから筆跡の照合などは出来ませんと断わられたのであります。そこで、ともかくなんとかして字をみたいから、赤外線写真なり紫外線写真なり、適当な方法で拡大写真を撮《と》ってみてくれと依頼して出来たのが、松井名刺といっしょに裁判所に提出してあるその名刺の写真であります。ごらんのとおり、なんの字も読みとれないのであります。そこで、どうしてこんな字を読み出してきたかを反省しますと、私の失敗であったのに気がついたのであります。被告人がこの自白をしたので、これはほんとうに重要な点である、この点が解明できれば、ほとんどほかの証拠は不必要になるくらいのものだと考えましたので、被告人の取調べの済んだ直後、調査室にひそかに村上技官をただ一人呼びいれて『この名刺の裏にゴムで消した場所はないでしょうか。あったら

その場所を明らかにし、さらにもし、その下に書いた字が読めたら読んでくださ
い』と依頼したのです。それまではよかったのですが、若い経験のたりない、しか
も熱心な村上技官に対し『これは非常な重大なことですから、絶対に秘密を保つと
ともに、出来るだけしっかりやってください』と言ったのです。このことは、法廷
でも村上技官の認めているところであります。

これがいけなかったので、そのためについに、熱心のあまり、村上技官は自己暗
示でこの字を読みとってしまったのです。考えてみればその直後、なおほかに字は
読めないかというて問うたときに村上技官が書いてきた字が、そのときどきちがっ
ており、主観が入っているもので信用がおけないことは、それだけでも十分わかっ
たはずであった。以上によって、いわゆるお化けの字が出てきたことについての説
明は十分であろうと考えます。

次に山口二郎の名刺について申し上げます。この名刺は、三菱銀行中井支店で犯
人が、同支店長の小川泰造、同行高田馬場支店長戸谷圭蔵に渡したものの中一枚は、
朝日新聞の記者の手にあるうちに紛失し、小川氏の受取った分が証四四三号になっ
てくるのであって、この名刺もやはり、被告人につながらなければなりません。こ
の名刺の特徴は、肩書の厚生省技官の省の字であります。厚生省にほんとうに勤め
たことのあるものや、その内容を熟知しているものならば、松井氏の名刺のとおり、

正しく厚生技官と、省の字を書かないわけでありますが、犯人は素人でこれをソラで書いたため、省の字を入れてしまったのです。ところが被告人に松井氏の名刺を書かせてみたが、九月十七日第二十二回の聴取書につけてあるとおり、省の字をその肩書に入れて厚生省技官松井蔚と書いてあるのです。これを偶然の一致とみるのは、ほかの証拠が許しません。

すなわち被告人の自白のとおり、その店は、銀座資生堂前の露店商の斎藤安司のところで作ったものにまちがいなく、同証人から提出された証第一四六号の試験刷り名刺との対照で明らかであります。とくに註文《ちゅうもん》を受けた斎藤証人は、註文者は被告人によく似ていると証言し、被告人のこの名刺入手経路も明らかに認められるのでありまして、さらに被告人はこの山口二郎の名前は、被告の所持名刺中の山口二郎という、被告人がかつて家屋建築用材輸送のため奔走してもらった人の氏名からヒントを得たものであることを自白していることをつけ加えねばなりません。すなわち、第二の物的証拠であるこの名刺も、完全に被告人に結びつくのであります。

次は第三の物的証拠である、証第一四五号小切手の裏の「板橋三の三六六一」の記載でありますが、これは被告人の自白のとおり出たらめに書いたものにまちがいありませんが、被告人の前住所が板橋三の二六二であったことが被告人の頭の中になんらかの作用を与えている。しかもその三の字が訂正されてあることを考慮するときは、なおいっそうこの推測を深めるのであります。この筆跡が被告人のものであるかどうかについては、慶応大学の伊木鑑定人をのぞいては、七名の鑑定人が全部一致してその同一性、または酷似を認めているところで、とくに高村鑑定人が、木偏《きへん》の縦棒に節のある特徴を把握《はあく》し、個性鑑定には動かしがたい信憑力《しんぴょうりょく》があります。以上申しのべましたとおり、三つの物的証拠はみな被告が犯人であるのにまちがいないことを教えております。

これ以外に本件の物的証拠はひとつもなく、すべての物的証拠が被告人を犯人と指し示しているのでありまして、これ以上の確証はありません」

七

検事の論告要旨のつづきである。

「捜査概要の項で、自白にいたった過程はほぼ申し上げておきましたが、ここではさらにその内容の検討をしてみたいと思います。

第一にこれが任意にされたものであることは、自白にいたった経過と、その態様でわかると思いますが、さらにその後出射検事の調べ、石崎《いしざき》判事の拘留尋問を受けたとき、いずれもなんのかかわりなく自白しているのでありまして、もし強制とか誘導とかの力を用いて、無理に自白させられたものでしたら、その直後のそれらの調べにおいて、自白を否定するのが自然であります。しかるにその当時に判検事、かつ弁護人にも犯人であることを認めてきたのでありまして、任意の自白というよりは、心からの自白であるというほうが適当であると思います。精神鑑定の結果も、これに符合するのであります。このような明白な自白が、どうして否認に転向したかを考えてみましょう。

右の石崎判事が拘留尋問されたのは十月二十一日で、このときには自白をしていたのです。ところが同月二十三日の朝日新聞には、同月二十二日、弁護人が被告人に面会したとき、『自分は帝銀犯人ではない』と涙を流して訴えたということが発表されております。そしてこのことは真実であることが公判廷でも明らかになっております。

私は第一回公判の直後、被告人の言った十一月十八日がなんの日かをたしかめるために、拘置所に受信簿を見に行きましたところ、その記載に、その日被告人は和歌山市の村松タカエという一女性からの書信を読んでいるのであります。私はこれを見て、釈然とわかったのであります。被告人は最後の父性愛から、娘などの苦しみと、不名誉とを救うために、否認の決意をこの手紙によって固めたのであります。それまでは法廷で被告人は否認しようか、認めようかと、そのときどきの気持で動揺していた状況で話をする。相手によってもその気持が変って、一日まえには石崎判事に自白し、一日後には弁護人に否認するという状況であったのでありまして、このような否認が真実であるかどうかは、おのずからわかってくることであります。公判廷で検事から教わったと、被告人が列挙していることは、まったく事実無根のことか、あるいは事実を歪曲《わいきょく》したものばかりであります。事実無根のことはさておき、歪曲した部分を説明しますと――。

現送の語は、検事から教わったと言ったり、係長から教わったと言ったりしておりますが、その事実は、九月二十五日第四十回聴取書に書いてあるとおり、検事が現送という言葉を知っているかと尋ねたことに対し、妹婿《いもうとむこ》の岩見沢《いわみざわ》の東銀の支店長代理から聞いて知っているのだと答えたのでありまして、それを検事から教わったと歪曲しているのであります。またオールメンバー・カム・ヒアという言葉を使うかということについても、その実際の問題は、九月十七日の二十二回聴取書にあるとおりで、被告人はこれに対し、家内はそんなバタくさい女ではありません。珁子《ちょうこ》が言ったのですと答えているのです。さらに新聞によって、知識を利用して編集したと申している部分がありますが、被告人の自白のなかには、新聞紙に掲載しておらず、真に合致しているところが、枚挙にいとまがないほどあります。

第一に被害の金額でありますが、各新聞紙に掲載された被害金額は、現金合計十六万四千四百五円三十五銭、及び支店小切手一葉、金額一万七千四百五十円。合計十八万一千八百五十五円三十五銭也《なり》ということで、その記載は支店の被害届のとおりであります。また実際の被害金額は、証人市川盛一《せいいち》の証言のとおり、十六万四千四百十円とみるのが正しいのであります。

ところが被告人の自白も、百円札のみを目当てに持出したと自白しているのであります。何円何十何銭など、小銭の入ったことは認めてないのであります。このように実際の犯人でなければ知らないことを知っております。帝国銀行椎名町支店の犯行当時、相田小太郎方にきていたジープの通る道につきましても、各新聞紙にはなにも掲載されておらず、捜査官の私たちすらくわしく知らなかったのに、九月二十三日第三十六回の調べ、及び九月二十四日第三十八回の調べには、その当時被告人が通っていた横をすりぬけて行ったと言っておりますが、調べてみましたら、たしかにその当時そのジープは、帝銀椎名町支店の横を通って、長崎神社につきあたっているのであります。法廷におけるその当時のジープの乗員の証言も、これに符合しております。そのことなど、当時そこにおった犯人でなければ知り得ない事実の一つであります。

安田銀行荏原支店で、患家に仕立てた渡部忠吾方の模様、三菱銀行中井支店で、患家に仕立てた井華鉱業の寮の模様などは、各配置の氏名以外に、各新聞に掲載されていないにもかかわらず、被告人はそれぞれの氏名を覚えていないのに、かえってその現場の模様は実に印象的にピッタリ言いあてているのであります。ことに相田小太郎方のごときは、ちょうどそのジープのきていたとき、玄関の横の勝手に硝子戸を開けて、玄関脇で相田夫人が七輪《しちりん》を出してパンを焼いていたのでありましたが、被告人はそこを見て通ったのでしょう、『相田方の玄関は中流家庭の勝手元のような玄関で、そこへ進駐軍が一人と、日本人が二人入って話をしていました』と証言しているのでありまして、時あたかもそのこととは、実によく状況がマッチし、一つの現在証明にもなる。こんなことは公判に入ってはじめてわかったことで、当時の新聞記事に書いてないことはもちろんであります。

それでは次に、その自白内容がどこまで本当で、どれだけ裏付けがあるかを、証拠によって明らかにしたいと思います。先にも申し上げましたとおり、被告人の自白は、いわば八分どおりの自白であると言えましょう。そこで第一に、被告人の自白のうち、信用のおけない部分はいずれか、どうして信用がおけないかも説明して、その部分を取り除くことにいたします。そのもっとも重大な点は、なお故意に隠蔽《いんぺい》している部分であります。

その第一は青酸加里の入手経路です。

第二は約四、五万円の贓金の使途です。

この二つは、九月二十九日第五十回及び同月三十日第五十一回の聴取書を読んでいただけばわかるとおり、検事に対して、ジャンバルジャンの僧正の銀の燭台《しょくだい》の慈悲を要求し、これを盗んだジャンバルジャンを咎《とが》めなかった僧正のように、被告人の悪い隠しているところを、これ以上追及しないでくれと懇願しているのでありまして、なんらかの理由によって、この二点を隠蔽していることは明らかなのであります。

そのほかにも、被告人が重要な証拠だと思っていた腕章及び薬品については、できる限りほんとうのことを言うまいとしておったことは、九月二十三日の第三十三回の調べの際も、検事に対し、ただ困ったことは、腕章が手に入らず、薬も手に入らないで、どうして人殺しができるのか。それでつじつまが合わないで困りますと、予防線を張っていたことをはじめとし、調べの全体を通じて汲《く》みとられ得ることでありまして、この二点については、確たる裏付けの証拠のない限りは、自白だけでは措信することが困難ではないかと思います。その他の自白についてはすべて本人の自白ということができます。正確を期するために、記憶ちがいによって、事実とちがう供述がなされている部分の、被告人の誇張癖からくること、さらに事実を強調するために、記憶にもない事実を付加している部分とがあるので、さらにこれを取り除きます。

記憶ちがいの分は、下見をした銀行の所在地中、池袋の三菱銀行池袋支店、及び洗足の帝国銀行洗足支店の所在地があります。

そのほか被告人の記憶力について一言しますならば、被告人は芸術家だけに、印象的記憶は非常に明瞭《めいりょう》で、通常人以上のものがありますが、行為的記憶や順序的記憶はあまり明瞭でないのであります。しかしながら一面時間の問題については、時計に対し非常に興味を持っているために、局部的に正確な記憶を持っていることを付け加えねばなりません。

さらに、誇張癖からする印象を粉飾《ふんしょく》するために言った虚偽の事実の適用は、上申書中の、『弟貞健の死骸《しがい》を見て、帝銀の被害者などのことを思った』むねの供述がありますが、ほかにも山口二郎の名刺を刷った斎藤方に『名刺すぐできます』という看板があったとの供述、これも訪問した際、すぐできると思ったのに、明日しかできないのかという印象を受けたのを強化するために言っている言葉であります。また夢に普賢菩薩《ぼさつ》が出てきたことも、一度はほんとうのこともあったでしょうが、常に自己の心情を普賢菩薩の物語に託して、作り話をさせたりしております。

以上の点を取り除きますならば、被告人の自白はすべてこれを信じても、決して判断を誤まることはないと思います。念のために、その裏付けについて説明しますならば、第一に各現場銀行内部の模様は、ほとんど正しく実際と一致しております。

また薬を飲ませるときの様子などについても、新聞の知識ではあまりに記憶がよすぎる点があるばかりでなく、捜査当事者である私たちにも疑問に思っていた、自分が飲んでみせる実演手品についても、被告人の自白で十分に納得がいき、その所作を試演せしめたところ、極めてスムーズにやってのけるのでありまして、先般法廷で映写しました映画の実演の方法が多少当時の犯人のやり方と異なる点がありましても、それは記憶ちがいと片付けられる程度のもので、このやり方の特徴であった第二の瓶を、第一薬をそそぐ際下においてあったということは、支店長代理の吉田証人が当初から証言し、裏付けのある事実でありまして、被告人はこの下においておった第二薬の水をスポイトに吸いあげて、その水を自分の茶碗《ちゃわん》にそそいで飲み、あたかも同じ第一薬をそそいで飲んだように見せかけた手品の種であったのでありますす。そのほかに現場内における様子、行動等についても、くわしく述べれば限りがないのであります。

もっとも私の心証を得た裏付けの一つは、腕章の東京都のマークの入れ方がありますす。被告人は自白に際し、このマークの入れ方には非常に苦心し、丸の内の三菱第何号館かの近所の場所で、偶然止水栓の鉄板に適当な大きさの、東京都のマークが凸版になっていたので、その凸版に腕章をあてがって、バーミリオンのクレパスで捺擦《なっさつ》、押したと申しましたので、ただちに巡査部長に被告人が図示した場所へ行ってこれを実演せしめたところ、大小四種とってきましたが、それを被告人に見せたところ、その四枚目のマークがそれで、それをバーミリオンのクレパスで、『私のほうがもっと上手にとってきたのです』と言っており、吉田武次郎証人にこの四枚を見せたところ、やはりその四枚目のそれだと証言、首尾一貫した、完全な裏付けができておるのでありまして、この自白は被告人が自己の苦心を誇示して言うため、まったく真実を吐露してしまった部分なのであります。さような際にも被告人の自己防衛心は、つねにニグレクトされてきているのが、全取調べを通じての特徴でありまして、被告人の言動特徴の一つであります。……」

仁科俊太郎は検事論告の全部を読み了《おわ》って、厚い、無愛想な表紙の綴込《とじこ》みを閉じた。それから、新しい煙草に火をつけた。

彼は自分のメモを見た。新聞社の使うザラ紙で、乱暴な字で走り書きがしてある。

○名刺
○面通しの人相
○小切手の筆蹟《ひっせき》

検事論告で挙げられた「直接証拠」とは、結局はこの三つである。彼はこの文字の下にわけの分らぬ筋や曲線を悪戯《いたずら》書きしている。それは彼の思考の錯綜《さくそう》や旋回運動がザラ紙に線で現われたかたちである。「名刺」の下の滅茶滅茶な線の中に、「事故」と書きつけ、この字を無意味に重ねてのたくっている。「小切手の筆蹟」の下には、Dreyfusと書いた。ドレーフュス！

それから、一つの書き抜きがある。

「一方では当時他班の捜査は未了であって、特に推定手口や、想定携帯品の関係から、旧軍関係の捜査が続けられていて、捜査陣営内にも、被告人に白説があって、その捜査が統一を欠く嫌いがあったのであります」

検事論告の一節である。

そうだ。軍関係の捜査は、どこで消えたのであろう。警視庁主流がラッパを鳴らし全力を挙げて、この方面に立ち向った筈《はず》だ。帝銀事件圏の少なくとも半面が軍関係の捜査だった。あとの半面が平沢である。しかし、軍関係は途中で潰滅《かいめつ》し、平沢だけが取り残された。いや、軍関係捜査が壁に突き当って、捜査陣が潰《つぶ》れようとしたときに、コルサコフ病という、過去のことを忘れっぽい、忘れた部分は嘘で埋める、ほら吹きで話のうまい、怪しげな画描きが、ふらふらと引っかかって来たので安堵《あんど》した——という印象にならないか。

ともかく、軍関係の捜査はなぜ消えたか。この全体が分らぬ限り、「帝銀事件」

は、ただの「平沢事件」ではなかろうか。

仁科俊太郎は、京都のホテルのロビーで会った岡瀬隆吉の洩《も》らした一語を思い出している。

「アンダースンが、帝銀事件のときにもね」

と口を滑らして、この元警視庁の要職だった男が狼狽《ろうばい》したものである。それから仁科俊太郎がどのようにその言葉のつづきを訊《き》き出そうとしても、岡瀬隆吉は失言を後悔して口を開かなかった。

ＧＨＱの防諜《ぼうちよう》担当官だった男の名が、この事件に不意に出た。――

論説委員は書斎の壁を凝視して腕組みした。

第三部

一

昭和二十三年九月の或《あ》る日、正木亮《まさきあきら》弁護士に山田義夫《やまだよしお》弁護士から、平沢貞通のために弁護をひきうけてくれないかとの話があった。

「そのころはすでに、新聞紙上で帝銀事件が賑々《にぎにぎ》しく取扱われ、誰しも平沢を真犯人と思わぬ者はありませんでした。このような極悪非道な犯人を弁護する余地は絶対にない、常識ある弁護士の受任すべきものでないという見方が一般の観察でありました。山田弁護士からはしきりと救援の電話、私の知己親戚《しんせき》は切に私の自重を求めてやまないのであります。私もその時は一方山田弁護士の切情にうたれ、他方また友人知己の情に答えねばならぬ。とつおいつ既に旬日を過したのでありました」

と正木亮弁護士はその著書の中で言っている。

そして同弁護士が、結局、事件弁護をひきうけたのは、恰度《ちょうど》その頃、帝国劇場にかかっていた「ゾラの生涯」を観てからだと言っている。

「私を深く感動せしめ奮起せしめるに至った点は、ゾラが世論と闘い、時の軍部の横暴に抗し、而《しこう》して文豪としての自己の地位を抛《なげう》ってまでもフランスの文化を擁護《ようご》しようと蹶起《けっき》した、あのアルフレッド・ドレーフュスに対する誤判決定への抗議そのものでございました」

R新聞論説委員仁科俊太郎は、これを読んで、思わず微笑した。誰の考えも同じだと思ったからである。彼も、検事取調調書や検事論告を読んで、その小切手の裏書きの筆蹟のことで、ドレーフュス事件を連想していたのだった。

こうして、当初の平沢弁護の弁護団は、主任弁護人正木亮、山田義夫、松本嘉市《まつもとかいち》、向山義雄《さきやまよしお》、高橋義一郎《たかはしぎいちろう》の構成で出発した。

仁科俊太郎は、今まで検事論告を読んだが、次は弁護団の主張に眼を通さねばならないのである。

検事が平沢貞通を真犯人と認める物的証拠は三つである。

松井蔚の名刺と、山口二郎の名刺、小切手の裏の住所記載の筆蹟、それから次には自白である。その他の、直接または間接証拠として、人相と所持品、服装関係、贓金《ぞうきん》関係、現場証明関係、さらに状況証拠としては、動機と犯人の的確性、被告の言動などである。これについて弁護士側の反論は、まず名刺について言っている。

松井名刺は、平沢がもらったもの、そのものであることの立証はない。平沢は、その松井名刺が、自分がもらったものならば、必ず裏に、松井氏の仙台の住所は書いてあるはずだと、堅く信じていた。わたしのなら出るはずだ、出ないならばわたしのではないと主張した。彼は犯人ではないが故に、この名刺の裏から、松井住所が出るはずなしと信念した。ただし、この際彼の、生来活潑《かっぱつ》ならざる頭脳は、その名刺は掏《す》られたが故に、第三者によって使用されたのかもしれないことを、考えることを忘れていた。ただ自分の名刺なら、松井住所が出るはずで、自分は使わぬのだから、出るはずがない。それが証拠になるとのみ考えていた。

検事の命ずる鑑定は、「板橋区練馬、安田銀現場または湯」と書かれたものが消されていたと報告した。平沢はなにものも出るはずなしと考えていたものが、字が書かれていたのである。しかし松井住所とは、似もつかぬものであった。しかし生憎《あい》《にく》なことに、練馬には安田銀行はなかった。そこで再鑑定の結果、練馬は消えて、板橋区、安田銀現場または湯と変った。こうなっては、なまなかに読まないほうがいいことになった。ただ消したあとがあるとだけあったほうが、都合がいいのである。東大鑑定は読めないと言ったそうである。高村技官も読めないと言う。検事は、村上鑑定人は、自己暗示によって、読めないものが読めるようになったのだと言う。村上鑑定人は、これは消してあるのだという、自己暗示にかかったことを認めねばなるまい。

平沢は自供において、帝銀犯行の事実を認めつつも、紙入れを掏られた事実のみは、ほんとうです、信用していただきたい、と述べている。彼の、ごもっとも時代であって、この小さな真実だけは守りたかった。彼の見るところでは、帝銀に関係ある事実に関する限り、こと大小となく認めた以上、犯行に関係なきことなるが故に、(当時彼はそう思った)せめて、この真実だけを守るのは、あまりにもみじめに思ったのであろう、彼は卑屈な態度で、検事にその理解を求めている。

しかし検事側からすれば、これは重大問題である。ついに、平沢は最後にいたって、これも嘘です、と認めている。しかし、ただ法廷の証言は、これを裏切るものがある。彼は三河島駅前で、盗難届を出している。その時刻は、第三十三回、巡査金井篤《あつし》証人の供述によって、午後一時から二時のあいだである。右盗難届には、九時から十時のあいだになっていることも、名刺の件が書かれていないことも事実である。しかし一応聞いたら、白紙の被害届に、拇印《ぼいん》だけさせて、帰宅させてから、あとで書くこともあると言い、そのときの相手のことは、はっきりしませんと言い、年は四十五歳とあるのは、書くのを忘れたので、あとで推定したのかもしれませんと言う。供述を総合すれば、年齢のごとく、盗難時間を聞いたが、忘れてしまって、漠然たる記憶で書入れた可能性も十分ある。

したがって、名刺についても、書き漏らされたと推定することも無理ではない。聞いたことなら書くはずだというのは、一つの理屈である。盗難時間は、しからば何時か。第三十五回、佐藤健雄証言、八月十二日ごろ、なんでも非常に暑いとき、時間は十二時ちょっと前きた。そこで盗難を発見して狼狽《ろうばい》し、唇の色まで変えていたから、ほんとうに掏られたと思った。によって、掏られた事実は相違なく、佐藤宅着は十二時であることも確実であり、佐藤キヨの証言も一致する。

しからば盗難財布中に、松井名刺が、事実あったかどうかは、平沢以外に立証し得ぬところであるが、もらった名刺は、そのまま紙入れにたくさん収めて、出先で電話をかけるとき、そのほかの用に備《そな》えることは、ふつうにあることである。平沢は特別に整理した覚えはないから、あったものと思う。いちいち小型の人名簿に、整理記入して、これを携行することの煩雑《はんざつ》さから、ふつう何人《なんぴと》も行なうことであって、不思議ではない。したがって平沢所持の松井名刺は、かくて盗難に遇《あ》ったと見るを妥当とする。

小切手裏の住所記入については、この筆蹟《ひっせき》が被告人のものであることについて、伊木鑑定人は、被告のものにあらずとし、ほかは被告のものと断定し、あるいは六分四分というよりは、七分三分という程度で、同一人によるものと鑑定している。

筆蹟学は、まだ科学たり得ないことは、式場鑑定証人の供述するごとくであって、客観性なく、要は鑑定者の主観に帰する。方法がいちおう科学的なるかのごとく見えるのみで、はっきりここにも、世論的暗示が働くことがなければ幸いである。

この点については、むしろ板橋安田銀行支店関係の、犯人に直結した証人三人の供述は、いちおうは土建屋風、四十台、活力ある人物と見ていて、平沢の持つ気分と、そうとう距離ある証言をなしていることこそ想起すべきであろう。――

次に、人相についてふれる。人間はつねに動きのなかに観察される。この動きが、人間の感じを大きく変える、それ自身生き生きとした造作を持った顔でなくても、生き生きとした働きをするときは、目、口までが、活力を帯びたものと印象される。動きと離れて、造作の形体を証言するものは、これは決して額面どおりに受取ることはできない。

どこが特に似ているかと言われて、目が似ているとか、鼻筋が似ているとか、根拠を明らかにした証言が、証言価値高しとされる傾向があるが、これはむしろ不自然であって、必ずしも根拠ある断定なるが故に、価値高しということはできない。また同一の理由によって、どこと指摘はできないが、全体としてちがう感じがするという証言が、ちがう根拠が明らかにされぬ故に、証言価値低しということも、また誤りである。むしろ全体の感じを観察しての証言は、確度高きものと言うことはできる。人間はつねに動きと不可分裡《り》に観察されるからである。部分に囚《とら》われて、大局を忘るるの類《たぐい》であるからである。

であるから、どうもまだピンとこないところがある（村田証人）と言う如き観察は、個々の造作については言えないが、その動きの感じにおいて、納得できない点のあることを表明したものであって、ちがうという点に、本質をついた観察をしたもので、従って否定的価値極めて大なることを知るべきである。

次に面通し証言が、本件帝銀の真犯人なりやいなやの判断において持つところの、重要度について考えたい。（A）「全体によく似ていると思うが、もっと面長である」（武田証人）「非常に似ているが、平沢は、犯人のように、態度は落着いていない。犯人の髪の黒い点が平沢とちがう」（阿久沢証人）類の価値を考える。

かりに、人間の特徴のうち、九十九人が類似があったとしても、ただ一つの点でも、まったくちがったものがあれば、それはぜんぜん同一人ではない。似ている人間はいくらでもあり、現に帝銀事件でも、数千人の似寄りがあればこそ、その数の人間が、訊問《じんもん》にひっかかったのである。元来本件の人相簿の人物の顔は、典型的なモンゴリアンの人相であって、日本人の典型であって、通常の日本人は、程度の差こそあれ、何パーセントかの似寄りのないものはないからである。各個人の差異は微細な点の差が、各個人の差となるのである。だから「声が似てない」「もっと面長である」という差異は、ただ一点であっても、ほかの九十九の似寄りの一切を打ち破っているということで、単に似ているということは、大して重要な意味を持たぬ。よって前記二証人の挙げた、犯人と本人の差異は、それ自身積極的に別人なることを断定するものと理解すべきものである。鈴木証人は「犯人はもっとするどい感じがした」と言い、富士証人の「声がちがう」、小林証人の「犯人の丸顔に平沢は当ってない」旨の証言、村田証人の「まだピンとこないところがある」旨、佐藤証人の「声が似ていない」旨、荻野《おぎの》証人の「髪の毛がちょっとちがいます、その男の声は、もっと力があって、さえておりました」の類は、これに属する。

「断定は出来ぬ」と言う証言の価値について考える。検事は、似ているが断定はできぬ旨の供述を「似ている」の部に入れて、同一人なりとの、肯定的証言の補強材料として、計算する。しかし断定はできぬということは、多大の疑問を残している意味であって、立場を変えれば、「同一人にあらず」の否定的証言を補強することであることも忘るべきではない。疑わしきは、被告の有利に解すべしとすれば、当然このカテゴリイは、否定側に加算さるべきものである。元来人相証言の不確実なることは、公知の事実である以上、疑わしきは、これを被告の有利に解することが、証拠法則の要求するところである。小沢証人「よく似ているが、同一人とは言えません」高崎証人「全体から見た感じとして似ているが、断定はできません」の如きである。「いくぶん似ている程度」（佐藤証人）「ほぼ似ている以上ではない」（富士証人）ことに同人の「だんだん見ているうちに、だんだんちがうように見えてきた」「全体の感じから見て、似ているところもある」（倉田証人）「ほぼ似ている、いちおうというより、もっと弱い」（鈴木証人）「似ているような感じ、ボヤッとした感じ」（宮永証人）「体の恰好《かっこう》や、話し方が少し似ている。だんだん見ているとわからなくなる」（神津証人）「非常に似ている感じはない」（小沢証人）「非常によく似ているとは思わない」（高山証人）「まあ似ている程度」（荻野証人）「よく似ているとは言えません」（高田証人）「後姿の肩のあたりはだいたい似ているが、肩の似ているものもたくさんあるからわからない」（津田証人）等々の存在は、否定的上述の確度を有力に裏付けるもので、むしろ検事の主張は逆と言わねばならない。検事は「似ている」と証言するもの二十九名なりとするが、そのなかには、言葉の内輪なるに似ず、実は積極的否定とすべきものが多数あることは、前述のごときことである上に、いくぶん似ている程度以上これに類する一群は否定証人を支持するものであり、更にわからないもののうちには、潜在的否定を含むものである。しからば数による蓋然性《がいぜんせい》、むしろ否定の側に大であると言わねばならぬ。しかも本件において、村田正子証言のごとく、絶対、別人物の証言に加えて、分類（A）の実質的に強力な否定的な証言があり、さらに分類（D）の、有力なる否定の補強証言ある以上、大観してむしろ人相の証言各種は、有力に否定的なることを知らねばならぬ。

二

一月二十六日のアリバイは、帝国銀行椎名町支店に犯人が午後三時すぎにあらわれたかどうかという微妙な問題にかかるだけに、その船舶運営会におけるアリバイ主張については、弁護人団も力点を置いて述べている。

一月二十六日午後、平沢が船舶運営会にあらわれたことの証言に、広瀬昌子ならびに川上澄の証言がある。

広瀬証人によれば二十六日午後、平沢が運営会にあらわれたことには信頼すべき根拠がある。山口伊豆夫は午後、早目に退出する必要があり、かつ同人の担当する船用金係の女子事務員が買物に出かける以上、山口が事務所に午前中居続けたということを考えることが自然であり、とくに山口が午前中いなかった旨の根拠もない。だから広瀬が外出から帰って、一旦《いったん》部屋に帰り、トイレットに行き、二度目に帰って席についてから平沢が来たが、山口がいないので、宴会場で山口に会ったとき知らせるつもりでアカハタ日記に山口に来客の旨を書き入れたという供述は、まことに自然である。

これから平沢の来訪のあったことは動かぬところである。広瀬は平沢を平生から知っていたからである。しからば、その時間であるが、

(イ)　昼休みに出かけて帰ったときであること、しかも通例、散歩して帰ると一時半であること。

(ロ)　エレベーターが止まって、歩いて七階まで上がったこと。

(ハ)　いったん部屋に来たがトイレットに行ったこと。

(ニ)　エレベーターはビル管理人の証言によって、一時半すぎに止まったこと。しかも多少の延長のあること。

(ホ)　トイレットから帰って席についたら平沢が来ていた。

ということを総合してみて、(イ)かつ七階まで上がるのに何分を要するか、トイレットは何分を要したか。(ロ)広瀬のビルへの到着がエレベーターが止まった直後であったか否か。(ハ)さらに広瀬が二度目に部屋に帰ってすぐ平沢が来たか。(ニ)多少の時間があったか否かによって平沢の到着の時間が確定する。(ホ)さらに山口はどのくらいでもどって来たか。(ヘ)山口と平沢はどのくらい話したかによって、平沢の立ち去った時間が確定する。

かりにエレベーターが一時三十分ちょうどに止まったと仮定し、広瀬のビル到着はその直後として、一時三十二、三分として、エレベーターを使わず、あのビルの階段を七階まで散歩に疲れた女の足で歩いて部屋に入って、トイレットに行って、席に至るまでの時間が、短かすぎるが十分と仮定し、かくて席に着いて一時四十二、三分、そこへすぐ平沢が来たとして一時四十五分頃、平沢の待っているのを見て日記に書入れをして後、山口の入ってくるのがすぐであったとして、一時四十五分ごろ、平沢がいたのを「長くても三十分以内」と言っているのと、山口伊豆夫の「十五分ぐらい話した」というのを総合して二十分とすれば、平沢の去ったのは二時五分過ぎになる。

これは広瀬一人の証言をそのまま信用したのと、前に言うとおりエレベーターが一時三十分に止まり、かつ広瀬が止まった直後に帰り、広瀬の着席と同時に平沢が入って来、山口がその直後間もなく入って来たことの仮定のもとである。広瀬の言う二時には平沢が居なかったというのは、以上の最も短い計算からしてもあり得ないところである。

しかしほかの事実を検討しよう。山口は運営会を出るとき市川係長に「これから行って来ます」と挨拶《あいさつ》して出たと言い、市川係長も「私がいれば山口が挨拶して行ったと思う」と言い、さらに市川攻太郎は「係長かだれか知らないが、山口が挨拶して行った記憶がある」とあり、更に広瀬証人の平沢の来たとき、部屋に市川係長と金村課長が居た旨を総合して、山口が出かけたのは、市川係長が辰馬寮から帰ったよりはあとのことであることは確実である。

しからば市川の帰ったのは何時か。市川係長は社に帰ったのは推定すると「二時前後だ」と言う。これを社を出て辰馬寮に行った時間から検討する。先発の五名の女事務員は必ずしも市川係長と同行したとは言わぬが、市川はつれて行ったと言う。これははじめてのところに行くのと、管理人への紹介の必要があるから同行したと見るのが自然である。

しからば社を出たのは何時か、淵上は「一時前」、堀江は「十二時四十分ごろ」、石井千代は「一時ちょっと前」、石井正子は「一時ごろ」と言い、市川自身は「十二時半前後」と言って、後に「一時に出るつもりでいて早目に出たように思うから、十二時半前後と言ったのだ」と言って、その時間ははっきりせぬことを明白にしているから、それを総合して十二時四十五分か、十二時五十分ごろといちおう推定する。

しかも平沢が来たときは係長は部屋にいた以上、決して二時ちょっとすぎということはない。その点で広瀬の二時にはいなかったとの証言は最も誤りやすい時間に関する証言の誤りを犯したものと言える。

よって平沢が運営会に来着したのは、市川係長の帰社した時刻（最も早くても二時ちょっとすぎより前ではありえない）より後であり、山口の運営会を出た三時三十分との中間であるとすれば、その時間はいったい何時であったか。かりに市川係長の帰った直後に来たとすれば、二時ちょっとすぎとなる。平沢が運営会にどのくらい居たか、広瀬は長くて三十分以内と言い、山口は十五分ぐらいと言うから、これを十五、六分と仮定すれば、平沢が運営会のビルを去った時間は、老人の足で七階から徒歩で下まで行く時間を二、三分と見て、二時二十五分ごろとなる。市川係長の帰社がさらに遅れる可能性が大きいのであるから、平沢の去ったのはさらに遅れうる可能性がある。

しからば山口と平沢はどのくらい間隔をおいてビルを去ったか、山口は平沢が去ってしばらくして出たとの供述の、しばらくはどのくらいか。山口は私が社を去ったのは三時半ですから、平沢の来たのは三時であり、話したのは十五分くらいと言うところを見ると、山口の感じたのは十五分ぐらいの間隔であったと見ていいものと解するべきである。

しからば平沢は最も早ければ二時二十五分ごろビルを去り、遅ければ三時十五分プラス七階から一階に降りる二、三分の時間をみて、三時十七、八分ごろビルを去ったことになる。前の仮定は市川係長、広瀬の言うところを総合し、最も機械的に考えた、およそありうべからざる早い時間によるものであり、後者は検事の最も嫌う親戚《しんせき》証言による時間である。

もし後者によらんか、平沢は完全に帝銀犯行の時間に間に合わなかったものである。かりに前者なりともまた二時半近くに丸の内にいた平沢が、とうてい椎名町現場に到着しえない。椎名町現場で営業室内に入って来たのは、生き残り証人の一致するところは三時十分すぎ、ないし二十分である。丸の内運営会のビルの玄関を二時二十五分すぎに発《た》った平沢は、とうてい三時十分、ないし二十分に帝銀営業室にいることはできない。まして営業室に入る前に玄関で吉田代理と会話した時間があり、伝染病発生個所をあてもなく探し回って、相田小太郎方を発見している時間がさらにあるはずである。省線によらず自動車に乗ったとしても、同じく不可能のことと想像されるが、自動車に乗らなかったことは、当時警視庁が全市の自動車業者に、犯人該当者らしきものを椎名町方面に乗せたものありやを捜査して、しかも結果を得なかったことで明白である。タクシー台数の少ない当時、丸の内から椎名町まで雪降りの日に直行することを承諾するタクシーありとは思われない。しかし平沢は省線を東京駅から乗ったのであるが、東京駅——池袋間は少なくとも三十分を要するであろう。東京駅まで五十七歳の老人の足で、雪降り後の道を長靴で歩いても五分、池袋着は三時となろうからとうてい間に合わないのである。いずれにしても平沢の一月二十六日のアリバイは完璧《かんぺき》であると信ずる。

　運営会以後の平沢の足どりについて山口伊豆夫によれば、妻はそのころ私が遅く帰った日に義父が来たことがあるから、はっきり断定はできないが、この日義父が来たと思うと言っていましたと言い、来たとすれば私方のゴムのボストンバッグへたどんを入れて持って行った旨を答えている。山口の妻はめったに主人は遅くはならないが、二十六日ごろ主人が会社の宴会で遅くなると聞かされていた日に、留守のときに平沢が来た。かつ四時ごろではないかと思います。まだ明るいころでした。上にあがらずお茶を飲んで、それからたどんを持って帰った。容《い》れ物はボストンバッグである旨を答えている。

　一方、中野の平沢宅の平沢竓子が、一月二十六日進駐軍のエリーが来たが、父がボストンバッグにたどんを持って来たが、エリーに笑われたくないので片寄せておいたら、次男瞭《あきら》が帰って来てお土産かと言ってあけて、なんだたどんかと言ったのを憶《おぼ》えていますと言い、瞭は二十六日暗くなってから帰ると、進駐軍のエリーが来ていて、被告人もいて、トランプを炬燵《こたつ》のなかでしていた。玄関でたどんの包みをあけて見た。部屋には両親と姉（静子）、妹（竓子）とエリーと、静子の子どもがいた。エリーは十一時何分かの東中野発省線で帰ったと思うが、父はそのときまでつき合っていた旨を供述している。静子は二十六日エリーが来たかはっきりしないが、疋子の友だちの進駐軍の兵隊が中野のうちによく遊びに来た。疋子は月曜日がＰＸの休みなので、進駐軍の兵隊は月曜日にほとんど来ていた旨を述べている。それを総合して、当日夕方からエリーが来ていたこと、平沢がたどんを持って帰って、ボストンバッグに入れて入口近くに置いたこと、平沢は変ったことなくトランプに興じていたことを推知するにたる。このことが四時ごろまだ明るいうちに平沢が省線鶯谷《うぐいすだに》に近い山口宅によった事実、及び中座しないで夕方、中野の自宅に帰った事実を立証するものである」（山田弁護人弁論要旨）

三

仁科俊太郎は煙草を喫いながら、考えこんでいる。眼は、机の上に雑然と積み重ねた本に当てられているが、無論、注意がそこにあるわけではない。——松井名刺は物的証拠の一つである。これが安田銀行荏原支店に遺《のこ》されたばかりに、古志田警部補の追跡がはじまり、平沢が捕獲されたのである。

名刺そのものは松井蔚博士が宮城県県庁舎地下室で刷らせた真物《ほんもの》であることは間違いない。それは活字の癖で立証出来るのだ。問題は、その名刺が平沢が松井博士から貰《もら》った一枚であるかどうかということである。

松井博士は百枚を注文して、六枚を手もとに残していたので、九十四枚を使用したことになる。その区分を表みたいなものにすると、次のようなことになる。

①　六十二枚　交換先より発見して回収したもの。
②　二十三枚　行先は判明したが、紛失、焼却などの事故で回収不能のもの。
③　八枚　全く行先不明のもの。

この②の場合、行先が判明しているので、それについて調べると、九枚は昭和二十三年十月十四日、即ち安田銀行荏原支店の犯行当日以後の事故で無くなっているので、事件に使用される可能性がないとして、二十三枚から差し引かれ、残り十四枚となる。

この十四枚に③の八枚が加わって、合計二十二枚が怪しい名刺となるのである。この二十二枚の中の名刺が安田銀行荏原支店に遺されたとして、それが平沢と結びつくかどうかということである。

検事の論告では、平沢の自供として、「裏に鉛筆で松井さんの住所を書いて貰い、私はこれを使うつもりでゴムで消して跡を拇指《おやゆび》の爪で擦《こす》っておきました。鑑定させて見せて下さい、必ず消したあとがあります」を取り上げて、鑑定の結果、消したあとがあるので、この名刺は平沢に結びつくと論告している。

もっとも、この鑑定中に、村上技官が「板橋区練馬安田銀現場又は湯けの文字」を発見して検事を困惑させたが、これは「若くて経験が足りない」村上技官が、「遂に熱心のあまり自己暗示でこの字を読み取って来てしまった」ことに落着させている。

当の松井博士は、名刺の裏に鉛筆で住所を書いたかどうか覚えていないし、また、青函連絡船で平沢と会ったときの状況もよく記憶していないのである。

ところが、平沢は最初から、

「松井さんから貰った名刺は、鰐皮《わにがわ》財布に入れておいたところ、二十二年八月ごろ、電車の中で財布ごと掏《す》られて紛失しました」

と主張している。荒川署三河島駅前交番ではそのスリの被害届が出ているが、検事は、これは平沢が「貰った松井名刺」の処置を考えた狂言であり、また平沢は当時鰐皮財布などは持っていなかったと言って、取り上げていない。

弁護団側は、これに対して、平沢が「私が貰った松井さんの名刺なら、必ず裏に鉛筆で書いて消したあとがある筈《はず》だ」と言ったのは、安田銀行荏原支店で使われた名刺は、自分のものでは無い、という確信から出たものであると防禦《ぼうぎょ》している。

それから名刺の裏に出た村上技官の「自己暗示による幽霊文字」を揶揄《やゆ》し、名刺の裏に何やら読めない字が消されたあとのある鑑定は消極的に認めている。しかし、鰐皮財布がスラれた一件は、検事とは反対の立場に立ち、三河島駅前交番に被害届が出ている以上、事実と見なすべきだといい、その財布の中に松井名刺が入っていたかどうかは、平沢本人だけが知っていることであり、入っていたとも入っていなかったとも客観的に立証することは出来ない。ただ、われわれの普通の習慣として、貰った名刺は一々名刺帳には貼らずに、他の名刺と一しょに財布の中に入れておくことは、あり得ることだというのである。

仁科俊太郎は、検事と弁護士の両方の主張について考えた。

平沢の松井名刺が、「裏に仙台の住所を鉛筆で書いてゴムで消し、爪で擦った」という自供に基いて、安田銀行荏原支店の松井蔚の名刺の裏を検べると、たしかに一旦《いったん》文字を鉛筆で書いて消したあとがある。そこで、これは平沢の貰った名刺に結びつく、というのである。

しかし、この名刺裏の消したあとからは、鑑識の技師から「板橋区練馬安田銀現場又は湯」という意想外の文字が発見されて、検事を困らせているが、検事はこれは技師が熱心のあまり自己暗示にかかったのだと言っている。自己暗示にしても、十個の文字を悉く《ことごと》明瞭《めいりょう》に読み取ったものである。

この名刺裏の消えた文字には、もう一つの混乱がある。捜査記録の中に、荏原署為賀警部補の供述として、「裏面については、はっきりした記憶はないが、私が預かった当時は何も書いてなかったと思う。しかし、私が当時何か鉛筆でメモ式に書いて消したような記憶があるがはっきりしない」という発言である。これは公判廷では取り消したが、第一回の捜査記録の中にこういう供述があるのは、そういう事実があったかもしれないという想像を、仁科俊太郎に抱かせたのである。

なぜかというと、第一線の捜査官の場合、あとの公判廷での訂正よりも、最初の捜査記録の方が真実を語っていることが多いからである。もし、為賀警部補がメモ式に書いてゴムで消したとすれば、平沢に結び付く線は消失して了《しま》うのだ。

要するに、名刺裏の「住所を書いて貰ってゴムで消した」跡のことは、決定的ではなさそうである。或《あるい》は、それは、平沢の例の「思いつき」かも知れず、もしそうだとしたら、捜査員の誰かがメモを鉛筆で書いて消した跡と偶然に一致したのかもしれない。

平沢は、松井博士から名刺を受取ったとき、もとより住所などは書いて貰わなかった。このことは、松井蔚が、「当時、住所を名刺裏に書いた記憶はない」という意味の供述で判るのである。

名刺の裏面に何にも無いものを、自分のなら書いて消したあとがある筈だ、と言い出した平沢の気持は、もとより名刺にそんなあとのある筈はないから、嫌疑から脱れようとする彼らしい思いつきの嘘かもしれないのである。

ところが、鑑定（東大塚本教授、警視庁村上技官）の結果、該当の部分に紙の繊維の乱れを認め、ゴムで消した跡が認められた。これは、平沢のためには不幸にして、為賀警部補がしたかもしれないことと偶然に一致した、という推定も出来ないことはない。こういうことに偶然を考えるのは邪道かもしれないが、世の中に偶然が存在している以上、そして多くの犯罪事実にも偶然の作用がしばしば見られる以上、偶然の否定は出来ないのである。厳密に言うなら、消された部分からの文字の鑑定が、「板橋区練馬安田銀現場又は湯」などという飛んでもないものでなく、仙台の松井住所が浮んで来ないと、安田銀行荏原支店に残された名刺と、平沢との結びつきは弱いように思われるのだ。

だが、村上技官が読み取った「板橋区練馬安田銀現場」の文字が、正しいとしたら、皮肉にも、これは捜査の警察官が名刺の出所のメモとして書き入れそうな文字である。検事は、あわててそれを「お化け文字」として抹殺したのであろうか。

しかし、そのことを考えるよりも、松井名刺は、未発見の八枚と、この事件に使われた可能性のある事故名刺の十四枚と、合計二十二枚あるのである。それで、検事の言うように平沢は、「二十二分の一の犯人である可能性がある」わけである。だが、これは他の二十一人についても言えることである。名刺だけについて言えば、犯人である可能性は、捜査対象になっている二十二枚の名刺受取人二十二人が同じ資格を持っている訳である。

さらに、松井博士から名刺を受け取った人間だけが、犯罪の可能性があるのではなく、その人間に関連した人間もこの範囲の中に入り得るのである。例えば、平沢が財布を掏られたとすれば、その中に入っていた松井名刺を利用した人間もそうであり、他の二十一人についても、必ずしも当人が使ったとは限らない。三十四年三月に、東京都三鷹《みたか》で或《あ》る婦人をピストルで撃った犯人は、警視庁刑事の名刺を使ったが、その名刺は真物《ほんもの》で、調べてみると、その刑事が電話ボックスの中に手帖《てちょう》と一しょに忘れて置いたものであった。こんな場合だってあり得るのである。

そうすると、事件に使われる可能性のある二十二枚の松井名刺は厖大《ぼうだい》な範囲に拡がり、その行方は雲烟《うんえん》の彼方《かなた》に消えているように、仁科俊太郎の眼には映るのである。

弁護団は、これほど計画的な犯行をする犯人が、自分の名刺を松井博士の手もとに置く危険を冒す筈がない、従って犯人は名刺交換者ではない、と推論しているが、仁科俊太郎は、ちょっと頭を捻《ひね》った。帝銀の犯行は、それほど以前から計画されたものでなく、松井名刺を貰《もら》ったあとで思いついたのかもしれないし、また、松井博士が丹念に交換先をメモしている性格とは知らなかったであろう。

いずれにしても、二十二枚の名刺の行方が全部明確にできない限り、平沢の「物的証拠」とするにはひどく弱い、と仁科俊太郎は考えた。

　帝銀犯行のあった二十三年一月二十六日の平沢のアリバイ論は、非常に面白い。仁科俊太郎は、検事と弁護士の両方の推定を比べ読んで、エレベーターが停っていたとか、釜《かま》の御飯が焚《た》き上がっていたとか、まるでアリバイ崩しの推理小説を読んでいる思いがした。

　この記述のところは、ひどくこみ入っていてややこしい。気をつけて、メモでも取りながら読まないと迷い込みそうである。

　仁科俊太郎は、紙の上に表《リスト》のようなものを書いてみた。これは一月二十六日の船舶運営会関係各証人の供述と、平沢の自供対照表である。

　広瀬昌子は、持っていたアカハタ日記に、平沢が運営会に来ていたことを書いていたので、証人として、検事側からも弁護団側からも重要視された。この表のXは、広瀬証人が時間をよく覚えていない個所で、弁護人側は、大体、十分と推定している。すると、市川係長の証言とよく合致するというのである。

　もっとも、弁護人側も、各証人の時間的記憶の誤差には頭を痛めており、例えば、証人として一番信頼している広瀬昌子の証言にも、

「平沢が来たとき、市川係長は室に戻っていたから、平沢の出発は、決して二時以前ではない。その点で、広瀬の言う、平沢は二時には居なかったとの証言は、最も

時刻	広瀬昌子	市川係長	平沢自供
0・40	外出中	深川の寮へ出発	
1・10		寮に到着	一時前、運営会到着。
1・30	エレベーター止まる。……	寮を出る（1・40）	山口伊豆夫と雑談。
1・40 ?	X分後運営会に帰る。歩いて七階まで上り手洗いに行き、自席に戻る。平沢が来た。市川係長は席にいた。外出中の山口席に帰る。		
2・00		寮から社に帰る	
2・05	平沢帰る。X分後、山口、寮へ行く。		運営会を出る。東京駅から上野松坂屋へ向う。
2・28			御徒町駅でホームの時計を見る。

誤り易い時間に関する証言の誤りを冒したものと言える」というようなことである。

山口伊豆夫が、社から寮へ出発するちょっと前に、「今日は忙しそうだから」と言って平沢が運営会を出たというから、山口の出発時間から平沢の運営会を出た時間を計算し、平沢が帝銀椎名町支店に午後三時十分ごろ到着する可能性を割り出そうとするのだが、生憎《あいにく》なことに山口が何時に社を出たか時間がはっきりしない。そこで、山口が寮についた時間から逆算しようというので、釜の御飯問題になったわけである。

結局、弁護人側は、市川係長が二時すぎに運営会に寮から帰ってすぐ平沢が来て十五分くらい山口と話し(広瀬、山口証言)、二時二十五分ごろビルを立ち去ったと判断している。

丸の内の運営会のビルの玄関を二時二十五分に発《た》った平沢は、到底、三時十分乃《ない》至《し》二十分に帝銀営業室にいることは出来ない。そして、これには、伝染病発生個所の相田小太郎方を発見する時間や、当時の電車のラッシュ、五十七歳の老人の足で雪降り後の道を長靴で歩く時間を考慮に入れると、絶対に時間的に成立せず、平沢の一月二十六日のアリバイは完璧《かんぺき》であるという。

これに対して、検事は次のように反駁《はんばく》している。

「もっと率直にこの時間を各証人等の直観によって見ると、広瀬証人は、『被告人が来たのは二時前』と言い、山口証人でさえ最初は二時頃と言い、川上証人は午後と言って居るのでありまして、二時過と言う時間はどこからも出て来ないのであります。そこで最も遅く、二時に被告人が運営会を出たとしますとどうかと言うと、御検証の結果と当時のダイヤに就ての東京駅長の回答とを見ますと、十四時十四分東京駅発の山手内廻り線には、確実に間に合って居ます。どのように切符買いの時間を見ても間に合います。すると池袋駅着が、当時のダイヤで二十六分掛って、十四時四十分、ホームから西口まで三分、西口から普通の道順で普通の歩き方で、途中相田小太郎方を見て廻って三十三分三十秒で、帝銀椎名町支店へは十五時十六分三十秒に着いて居ります。丁度その前後頃に、犯人が銀行にあらわれて居るのであります。又、東京駅でもう一電車遅れると、十四時二十二分発の電車に乗ることになりますが、被告人の自白はこの時間にマッチして居るのでありまして、検証時のコースをあの速度で被告人が歩いたものとすれば銀行へは十五時二十四分三十秒に着きます」と言っている。

四

物的証拠のもう一つは小切手の裏書きの「板橋区板橋三ノ三六六一」の犯人の筆《ひっ》

蹟《せき》である。

検事は、この筆蹟が「平沢被告のものであることについては、慶応大学の伊木鑑定人を除いては七名の鑑定人が全部一致して、その同一性又は酷似性を認めているところで、特に高村鑑定人が木偏の竪《たて》棒に節のある特徴を把握しての個性鑑定には動かし難い信憑《しんぴょう》力がある」

と言っている。

弁護人は、この筆蹟が被告のものに非ずとする伊木鑑定人の鑑定答申を重要視している。

なかでも、正木亮弁護人の弁論は、仁科俊太郎が読んでみて興味があった。それには、ドレーフュス事件がひき合いに出されている。

「平沢貞通を犯人たらしめる極めて重要なる証拠として取りあげられておるのは、小切手の裏書人後藤豊治の肩に、『板橋区板橋三丁目三六六一』と書かれてあるその筆蹟であります。ドレーフュス事件も同じように、ドレーフュスがユダヤ系の人であること、砲兵将校であること、密書の内容が砲兵に関するものであること等の間接証拠の外に極めて重要視されたのは、その密書の筆蹟でありました。

両事件共に筆蹟鑑定が命ぜられました。ドレーフュス事件は前述したように、パリ銀行の署名鑑定人ゴベールが鑑定した結果、ドレーフュスの筆蹟に非ずという鑑定が下されるや、引継いで警察の鑑定人ベルチョンに鑑定させたところ、同人は『わざと書体を変えて書いてあるが、同一人間の筆蹟に相違ない』と断定致しました。ところが、このベルチョンは後にピカール大佐から命ぜられたエステラージの筆蹟をも、密書と同一であると断定しております。その他に三人も筆蹟鑑定をさせたのでありますが、不幸にしてドレーフュスのためには何《いず》れも不利益な鑑定でありました。結局ドレーフュス事件を有罪に導いた決定的なものは筆蹟鑑定であったといえましょう。

他方帝銀事件についてみますと、昭和二十三年二月一日刑事部長、警務部長連名で各警察署長に宛てられた『帝銀毒殺事件ノ犯人似顔画並筆蹟写真送付分ノ件追加指示』の第二項に『犯人の筆蹟』という一項が指示せられ、これが非常に重要なる捜査目標になっております。そして逮捕された日より一週間目の八月二十七日に高木検事は警視庁関係の鑑定人遠藤恒義《えんどうつねよし》に筆蹟鑑定を命じました。ドレーフュス事件のベルチョンと同じように、安田銀行板橋支店にあった小切手の裏に書かれてあった、『板橋三ノ三六六二』は、『最も甚《はなはだ》しい特徴は筆蹟に頭と尾、言いかえれば起筆と収筆が明確に表示されていないことであり、この筆蹟はサジペンで書かれ、六月七日付平沢大暲（雅号）より野坂喜代志宛《あて》のものにしてブラックインキによる万年筆記載の筆迹《ひっせき》を精細調査して筆鋒《ひっぽう》性情の悉《ことごと》くを最も明かに知察するを得た。依《よ》ってこの筆迹を以《もっ》て前述鑑定したる証第一号の小切手裏面記載板橋区三ノ三六六一なる八文字（九文字なるも鑑定書による）に対して比較検討したが、趣致全く合致し、同一人の記載であることを確信を得た』と答申しています。

検事はその他にも別の警視庁鑑定人に命じて同じ結果を得、更に当裁判所においては東京大学、京都大学及び慶応大学において、それぞれ筆蹟を鑑定せしめられたところ、不思議にも慶応大学においては、同一人の筆蹟と認められないという、丁度ドレーフュス事件のゴベール鑑定人と同じような結果が答申されたのであります。検事はこの慶応大学の鑑定に対して強い抗議をしておられるのでありますが、私としてはドレーフュス事件の場合と同じように、多くの鑑定人の中でたった一人の鑑定人が同一筆蹟でないという答を出したことで満足なのであります。何となれば、ドレーフュス事件において、たった一人の鑑定人の答申を採用しなかったことに依り、世界的の大誤判事件が生じたという実例さえあるからなのであります。筆蹟鑑定は決して科学捜査の武器ではない。誠《まこと》に危険千万な一徴憑《いちちようひよう》に過ぎないのでありま す。私は帝銀事件において入念に筆蹟鑑定が行なわれたことを多と致します。けれども五つの鑑定の中四つまでが同一筆蹟または筆蹟が似ておるということによって、同一筆蹟でないというたった一つの抗議を否定することが、甚だ危険であるということを裁判長並に裁判官各位に申上げたいのであります」

仁科俊太郎は、これを読んで考えた。

五つの鑑定のうち、四つまでが同一筆蹟または似ていると答申したというが、その四つの鑑定人には、今までの鑑定経験で、絶対に間違いが無かったであろうか。

しかし、仁科俊太郎が調査したり、他から聞いたことによると、その危険は有るのである。


静岡県清水市の富士合板株式会社取締役の高尾《たかお》仁一《じんいち》は、横浜市の神奈川県合板販売組合の常務理事阿部《あべ》との間に、合板約八百坪の売買契約を結び、二十二年二月四日、約定の品物を貨車で組合宛に送った。組合側ではその代金、運賃も含めて十五万八千九百九十一円を、書留で鉄道郵便の下り二号便で二月六日、静岡銀行清水支店宛送金したのだが、途中、何者かにそれを盗まれたという事件が起った。封書にした一通は七万九千四百九十一円の自由小切手、一通は七万九千五百円の封鎖小切手であり、どちらも安田銀行横浜支店振出の送金小切手になっていた。

一週間以上たっても送金のないのを不審に思った会社が、銀行に問い合わせたところ、封鎖小切手の方はどうなったか判らなかったが、七万九千余円の自由小切手は、二月十日すでに何者かが裏書きして、同銀行より現金に換えて受け取っていることが判明した。その裏書は、「清水市宮加三五五一、富士合板株式会社、高尾隆」

となっており、その下に、現に会社が使用しているものより、一分程大きい偽造社印が押捺《おうなつ》されていた。捜査は直ちに開始され、静岡市呉服町の印判業吉田方に、「高尾隆」の印と、「富士合板株式会社」の社印を注文した男のあったことが判った。二月八日のことで、午前十時頃から午後三時頃までの間に二回現われているのである。捜査の結果、清水郵便局雇員亀川昭政《かめがわあきまさ》を、本件の犯人として逮捕した。その理由は、印判注文日の二月八日は亀川の休暇日であったこと、吉田方を訪れたその男に亀川が良く似ていること、二月十日の銀行からの金の引出しも、宿直明けの休暇であって、印判注文も、金の引出しも可能であること等であった。しかし亀川は、二月八日のアリバイを次の如く申し立てて、無罪を主張した。

「八日は七時半頃起き、朝食後、家で子供の相手をし、十一時頃、自転車で清水局に行った。家から局まで自転車で十五分から二十分かかります。電信室に行くと静岡線に電報があったので送信を手伝った。第一通目の送信時刻は午前十一時二十七分で、それから十一時五十二分まで十九通送信した。前から見たいと思っていた映画が栄寿座で十二時から始まるのを思い出し、今からだと五分あれば十分行けるので、送信をそこで止めて栄寿座に行った。そこで友人の山島君と会い、映画を一緒に見た、彼とは途中で別れ、自分はまた局に戻り、電信室に入った。そこで静岡線の電報を又手伝ってうった。時間は午後三時二十二分から五十分までで十一通です。

四時頃自転車で家に帰った」

　静岡地検では、亀川のこの上申書の内容が事実通りであることを立証する為、弁護人の申請を採用して、清水局の電信主任静川と、亀川の友人山島を証人として呼び、事情を聴取した。静川の供述は、

「亀川は電信が好きで、以前にも時々電信を手伝っていた。二月八日午前十一時二十分から十一時五十二分までと、午後三時二十二分から四時までと、送信を手伝ったように思う。もっとも誰が送信したかは原書を見れば判る。原書には取扱者が自己を表示する記号を記入しておくことになっているからである。それも課員以外の者が手伝った時は、片仮名で自分の姓の最初の字を記入することになっている。従って亀川なら『カ』の字を記入する、清水局には風間という経理係がおり、彼も電報を手伝うので『カ』のサインをするが、亀川の『カ』の字は以前から一緒に仕事をしており、特徴もあるので、両者の区別は自分には直ぐ判る」

　という趣旨のもので、亀川のアリバイについて重要な証言を行なった。検事はこのため、二月八日発信の「カ」のサインのある電報原書を取寄せ、そのサインの鑑定を求める一方、印判を注文に来た男が、その印判屋の印鑑原簿に署名した筆蹟《ひっせき》及び、小切手の裏書きの文字と、亀川に書かせた「高尾隆」の名と住所の筆蹟との鑑定を、専門家の遠藤恒義氏に命じたのであった。結果は亀川にとって全く不利であ

った。前者と後者の筆蹟は、「皆同一人の記載に成れる筆蹟と推定する」と鑑定せられ、また電報原書四十通の「カ」の字のサインは同一人により書かれた筆蹟と思料すると鑑定されたのである。

しかし、経理係の風間は、二月八日の「カ」のサインのある電報原書中、九通は、午後一時二十分から一時四十分までの間、自分が送信したものである。送信時刻に書く数字は各人の筆法があり、自分は数字を続けて書く癖があるので他と区別が出来る、と述べているのだ。弁護人側は、これをキメ手として、再鑑定を申請し、鑑定人として科学捜査研究所の筆蹟鑑定権威者を選任されたい旨を申請した。裁判所はこれを採用し、四月六日第七回公判に於《お》いて、その権威者の鑑定の結果が示された。それに依ると、小切手の裏書き、印鑑原簿の署名、それと亀川の筆蹟とは全く同一であること、電報原書の「カ」の字の鑑定については、二月八日の午前中の「カ」のサインのあるもの十九通と、午後の「カ」のサインのあるもの二十一通とは各々異る者のサインであるという、亀川にとって実に致命的な鑑定結果になったのである。

亀川は、依然鑑定が間違っているとして、アリバイを主張したが、検事は、この筆蹟鑑定を唯一の動かし得ない証拠であるとし、否認を続ける被告に対して、懲役二年の有罪を求刑したのである。

だが、事件はこれで終ったのではなかった。有罪の判決を受けた亀川の必死の調査で、真犯人が別に検挙されたのである。真犯人は、鉄道郵便局の乗務員であり、下り二号便内を掃除の際、列車の動揺で区分棚より落ちた一通を盗んだのであった。筆蹟鑑定を過信し、重視し過ぎたことが、本件の根本的な誤りであったのだ。科学的な筆蹟鑑定も、電報原書の「カ」の字に関して二人の鑑定人が異った結果を出したという矛盾は、どうすることも出来ないのである。

この鑑定人が、平沢の小切手の筆蹟を「特徴を把握した個性鑑定」をして「確実」を答申した同じ鑑定人なのである。

次の例は、都内のあるサラリーマンに突然ふりかかった窃盗の嫌疑から始まる。二十八歳の青年社員戸《と》倉健次《くらけんじ》は、新宿の新居に妻節子《せつこ》と住んでいたが、二十五年五月、空巣に見舞われ、米穀通帳と実印、現金七百円を盗まれた。盗んだ犯人は、米穀通帳に書かれた年齢だけを自分の年に合わせて三八と書き直し、自ら戸倉健次になりすまし、世田谷経堂《きょうどう》のある家から盗んだカメラ一台を、神田のカメラ商深道《ふかみち》さん方に売り、同店の買入れカードに戸倉の住所氏名を記入して、代金一万三千円を受取ったのである。そのカメラは型は古いが、ドイツ製の珍しいものであった。深道氏がショウウィンドに陳列しておいたところ、六月の初め、盗まれた被害者の家族が見つけた。訪れた店員の話に、戸倉は驚いた。店員も、確かにあなたよりもっと年をとった男だったようです、と認めて帰ったのだが、それから二週間後に、北沢署の刑事が来て、戸倉は署に連行された。調べ室に呼び入れられると、いきなり、「何も言わずに白状しろ、お前だということはすっかりわかっているんだ」と、頭からきめつけられた。驚いた戸倉が、いくら必死になって訳を話しても一向聞き入れない。それどころか、「図々しい奴だ」、「こんな奴はなぐり殺したっていいんだ」、「近所に知らせて住めない様にしてやる」と脅《おど》かしたり、「早く白状すれば、すぐ帰れるんだ」とすかしたりした。この精神的な苦しみに、戸倉は、「いっそ私がやったと言ってやれ」という気になり、偽りの自白をしてしまった。問いつめられるままに、前に店員から聞いた通りのこと、つまり、経堂のある家から盗んだこと、ドイツ製の旧型カメラだったこと、一万三千円で売ったことなどを、もっともらしく「自供」したのである。盗まれた米穀通帳は、「神田駅のガード下のゴミ箱に破って捨てた」とまで言った。しかし、「自供」はしても、戸倉の心には、筆蹟鑑定やアリバイ実証で、自分の無実が判明するものという確信があったのだ。

事実、犯人がカメラを盗んだのは五月十七日午後十一時半頃であり、一方戸倉は、前夜徹夜で仕事をして、午前九時半頃国電鶴見臨港線昭和駅近くの会社を出て、十一時半頃帰宅、それから夕方まで家にいた。彼のこのアリバイを証明出来るのは妻の節子しかいないのだ。又、カメラを売りに行った、翌日の午前十時から十一時までの間も戸倉は前の日と同じアリバイしか持っていない。社から昭和駅まで徒歩で十三分、当時の国電ダイヤでは、昭和発九時四十九分の鶴見行きにのれば、神田駅着は十時四十八分で、辛うじて十一時までに深道カメラ店まで行ける。当時の鶴見臨港線の昼間のダイヤは、大体十三分間隔、京浜線は六分おきだから、若《も》し一台の乗り遅れると、十一時前にカメラを売りに行くことは出来ない。勿論《もちろん》、前の電車でも、カメラを売ってからでは十一時半に帰宅は無理なのだ、が、妻の証言だという所から、十一時半の帰宅時刻は取り上げられなかった。

次に筆蹟鑑定は、警視庁鑑識課で行なった結果、深道商店の買入れカードに書いた犯人の住所氏名の筆蹟は、戸倉自身の筆蹟と同一であると認められた。しかし、戸倉はこれを不満として、民間人で権威のある鑑定人を頼んだ。ところがこの鑑定も、約一カ月かかって、厚さ一寸位の鑑定書が作られたが、結果は「黒」と出たのである。その上、深道カメラ商は、「確かにこの人だ」と証言、最初訪ねて来た時、「あなたではない」と言った店員も、「当時は外出していて知らなかった」と逃げるに至っては、すべての情況証拠は黒となった。こうして懸命に犯行を否認する戸倉は、その年の十一月、遂に有罪、懲役十カ月を言い渡された。

ところが翌年の三月十三日、同じ北沢署に空巣の現行犯として捕まった森雄治という男の家から、戸倉の米穀通帳が出て来たため、事件は急転直下した。それから半年後の九月に、戸倉は無罪の判決を受けたのである。

　筆蹟鑑定が、この事件でも誤りであったことは否めない。鑑定人は、それを、「断定はしない。『推定』したのだ」と弁明しているのだが、彼の作成した鑑定書の鑑定理由は、「このような一致は同一人でなければあり得ない」という言葉で結んであるのだ。おまけに彼は帝銀事件に於《お》いて、平沢被告の筆蹟は「黒」と鑑定した一人であったのだ。

　筆蹟鑑定は、科学的客観性があるとはいえない。大体多くの鑑定人の結果が、七〇パーセント以上なら、真物とされるようである。つまり、絶対性は無いのである。

　科学的な方法はとっているが、それを決定するのは鑑定人の主観であり、鑑定人が人間である以上、間違いがないとは限らない。現に、以上の二つの例からみても、小切手の裏書きの筆蹟を平沢のものだと答えた二人の鑑定人の冒した錯誤である。

　筆蹟鑑定に絶対性が無い以上、仁科俊太郎もまた、「板橋三ノ三六六一」の筆蹟を平沢のものと決定するのは弱いと思った。

　字が似ているから、或《あるい》は平沢がそれを書いたのかもしれない。しかし、或は書かなかったかもしれないのである。この疑念がある限り、「物的証拠」には迫真性が無いように、仁科には考えられた。

五

平沢の人相が、帝銀毒殺犯人に似ているというのは、彼を黒にした重大な要素の一つである。つまり、これが間接証拠の一つになっている。

検事は、面通しの方法によって関係者の証言を聞いた結果、数の上で同一人だと言っている証人が四人、同一人らしいと言うのが六人、似ているという証人が二十九人で、大多数が似ているというので、平沢に断定してよいと言っている。ただ一人、村田正子の否定的な証言は、その夫の新聞記者の影響（インフルエンス）というのだ。

これに対する弁護人団の反論はこうである。

「人間の知覚は不完全なものである。その知覚した像を記憶の中に存しておく記憶力もまた貧しいものである。ここに忘却という大きな作用が働く。第三にこれを証言として供述するときは、また表現の不十分、言葉の不正確性が働く。それで人相証言は、その確度においてけっして高いものだということはできない。

人相を、ただ人の顔なり姿なりの見解として考えたとき、人間は人を観察して、目なり、口なり、鼻なりを個別に観察するものではない、顔全体として見ているのである。顔の感じとして見ているのである。これを目はどうだったとか、ことに耳のうしろがどうだったかを記憶していること自体が実は不自然である」

弁護団は肯定四証人中、吉田、田中を例として、面通しの証言の背景と、その証言がいかなる影響下にあるかをついている。

「証言はきわめてほかの暗示に左右される特性をもつ、その背景に左右される。すべての証人、鑑定人に左右する暗示は、平沢真犯人なりと思う盲目的世論である。この世論はなににによって起ったか。その一つは日本人のもつ祖先伝来の事大思想である。お役人尊しとする傾向である。有史以来一度もみずから治めたことなく、常に治められ続けた日本人にとっては、官のやりかたに卑屈なる、迎合、服従の観念を先天的にもっている。それで捕えられて入れられているものが犯人に相違なかろうと考える。次に、連日のごとく捜査側から流れ出る平沢クロとの情報である。これを連日クロと報道してあくこと知らぬジャーナリズムの影響である。さらに、大悪無慚《むざん》の真犯人に対する大衆の激憤が増して、たまたま逮捕された一被疑者にすぎぬ平沢に、それが集中して投げつけられたことである。これらが協力してひとり平沢絶対クロの世論を作り上げたものである。群衆はこういう示唆《しさ》に対して無批判、無理性的に、ただ衝動的、激情的に受け入れる本質をもつ。この世論の大きな暗示が平沢逮捕以来、本件関係証人、鑑定人に大きい先入主観をつぎこんだことは当然である。しかも面通し証人について、平沢クロを断定するものはわずか四名である事実に目を止められたい」

弁論は個人証人に入って、

「吉田証人の持つ特殊事情を考える必要がある。彼はある意味で、帝銀被害者十二名の死亡の原因をなしたものと言える。彼が、都、または厚生省の肩書を盲目的に信じたことから起った事件である、との攻撃を受け、それに対する自責を感じたことでもあろう。これを取り戻すのには、捜査に協力して、なんとでもして犯人を捕えることを考えたであろう。犯人を発見したいという彼の願望は、少しでもはっきりとした犯人の手がかりを捜査官に与えたい願望となり、かかるものが強くなると、彼の、犯人の人相、服装に関する供述は不自然に明確なものになる。漠然たる断片的な記憶は、脈絡《みゃくらく》のある筋の通った供述と変る。記憶のないところは彼の推理、または他からの伝聞によって補われ、彼の供述はますますすきのないものとなり、これを口に出して供述することによって供述した自分の言葉が、また返って、彼の記憶に変化していって、彼のいわゆる記憶は、真実の彼の知覚したところと異なったものとなっていったことは想像にかたくない。

さらに彼の供述は警視庁の捜査方針を決定させた。服装、人相、態度、犯罪用具、犯罪手口についての捜査資料は、彼の供述によっておおむね決定した。当初おぼろげな記憶から、ごく不確実に言ったことが、全国手配の資料とされてみると、いまさらこれをひっ込めることはできない。ひっ込みがつかない。彼は無理にも同じことを、あくまで信じるようになった。これは犯人の顔面の老人性シミを固執するごときである。彼はあまりにも長く警視庁の捜査に深入りし過ぎた。それで警視庁につかまった被疑者は真犯人であると信じてしまうと想像するのは決して不自然ではない。彼の証言が平沢真犯人なりの供述に不当の強調のあるゆえんは、たやすく理解できる。もちろん同証人の心中に無意識に行なわれることではあろうが……。

検事は吉田証人が、道徳的勇気なくんば、平沢真犯人説を法廷で強調することはできなかったというが、これはまったく逆であって、この強調こそ彼の証言が客観的正確を確保することができないゆえんである。吉田証人が逮捕当時の面通しにおいて、平沢犯人なりと断定しなかった事実こそ注目すべきである。さらに犯行当日、及び翌日の彼の供述が、法廷の供述と矛盾する点のあることも注目すべきである。『無骨なる手で、医者にふさわしからん手』と言っているごとき、また『年齢五十歳まで』というごときである。次に彼は警視庁調書において、一時間半にわたって尋問に立ち会い、平沢が追及されつつあることを目撃したことも忘れてはならない。これが彼が平沢犯人説の構成に、重大な導因となったことも推定し得るところである。

田中証人の場合は、彼は二十歳の思慮定まらざる青年であり、早く犯人を捕えたいと念願する心境である。彼もまた吉田証人と同じく、捜査にはなはだしく協力した。平沢に対する大きな暗示にかかっていることは、それに倍するものがあると思うべきである。その供述が、きわめて誇張的であることは当然であろう」

弁護人正木亮は人相の点で次のように弁論している。

「逮捕後に平沢は、帝銀事件で一命をとりとめた吉田武次郎、村田正子などに面通しをいたしました。当法廷においてもこれらの人々によって、事件当時の犯人の顔と、平沢貞通の顔が似ているかどうか検証させられましたが、吉田武次郎のほか二、三名のものが強く平沢を真犯人と主張する以外に断定しきるものはございません。ことに逮捕後まもなく平沢を検証した村田正子は、次のように言っております。

記憶が薄れているせいか、犯人と申し上げかねるのですが、顔を見て感じが出ませんのです。姿や、身長や、体恰好《かっこう》は実によく似ており、ことに、痩《や》せ過ぎの点はそっくりです。態度はお調べ中でしょうが、神妙過ぎておりますので比較できません。いままで何人もの人の顔を見分けいたしましたが、平沢という人がいちばんよく似ておりますけれども、前に申し上げましたように、顔全体の感じが、私たちに毒を飲ました犯人の顔と似ておらないような感じがいたします。

当法廷における帝銀側証人のうち、男子はおおむね平沢を犯人のように証言しておりますが、観察力の細かい女子証人は、似ておるがはっきりしないように証言しております。もっとも、対照的なのは、吉田武次郎証人が平沢を真犯人と断ずべく、はなはだ熱心なあまり、先にあげた刑事部長指示の中の斑点《はんてん》の特徴、頰に二つほど、計五分ぐらいの茶色のシミがあることを力説して譲らなかったことと、村田正子証人があくまで、平沢が似ていても犯人たるの感じが出ないということを主張した点であります。

私は平沢貞通の顔が、犯人の顔と同一である、という全部の意見でありまするならば、あえて人間の記憶力の不確実性を争いますまい。けれども、ただ一人でも、犯人と思えないという人があるとすれば、人間の記憶力を争わずにはいられないのであります。ことに吉田武次郎のごとき、茶色の斑点のない平沢の顔に対して、極力その存在を主張するにいたっては、その証言があまりに主観的であり、経験則を越えていると言わなければならんのであります。

刑事裁判史を調べてみまするると、容貌《ようぼう》の酷似をもって、一つの証拠として、死刑の裁判をくだした著名なる事件があります。フランスにおけるタレズルケイ事件、かのヴォルテールによって有罪になったジュアン・カラー事件、また英国においてはトーマス・ゲッドウイの殺人事件などは、いずれも犯人が加害者の容貌と似ていたことと、背景の各状況証拠が多数具備していたという理由をもって、死刑に処せられたのでありますが、しかもいずれも死刑執行後数ヵ月を経てはじめて真犯人が発見されておるのであります。もっていかに容貌というものが、人間の記憶力によって証拠づけられにくいものであるか、いなむしろ、これほど危険な徴憑《ちようひよう》であるものはないということを察知することができるのであります。嫌疑者が捜査本部だけで、五千百六十四人あったということは、一面似た顔が多いということを意味するものであります。似た顔の多いということは、犯罪の徴憑として、ある危険が多いということになります。本件においては、警察官も、検察官も、非常に平沢の容貌が加害者に酷似していることを主張しているのでありますが、容貌の酷似が、誤判を招いたという刑事裁判史上の著名事件を参考にせられまして、とくと御考慮を賜わりたい。私はここにあえて裁判官諸公に、本件の徴憑のなかから容貌の点を削除せられんことを提言いたす次第であります」

仁科俊太郎は、この両方を読んで、検事の主張も尤《もつと》もであるが、弁護人側の主張も尤もであると思った。つまり、平沢の顔が目撃者の概念に合致していることは、弁護人側も大局的に認めているのである。

「五十歳前後五尺三、四寸、中肉、色蒼白《そうはく》脂気なくキメ細かき方。鼻筋通り、頭髪丸刈にて前やや長く白毛交《まじ》り、一見上品にて柔和な好男子。左頬に径五分くらいの茶色の薄シミ二コあり（老人特有の斑点と思う）左の耳下の顎《あご》に長さ二センチくらいの傷痕があるかもしれない」

の人相書と、モンタージュ写真の顔とは、日本人の中にはザラにある顔である。

これは嫌疑をうけて捜査された者が五千人以上に上っていることでも分るのである。

犯罪学関係の本で、人間の眼がいかに頼りないかは、仁科俊太郎も、度々、読んで知っている。その実験の結果も報告されている。

ただ、平沢の場合は、他の被疑条件、例えば、松井名刺とか、小切手の裏書きの文字とか、金に困っていたとか、アリバイが無かったとか、大金が事件後に入ったとか、いうような諸条件の中に、彼の「人相」のことは生きるのであって、その背景の条件が稀薄《きはく》になれば、彼の「顔」も、他の五千人以上の嫌疑をかけられた人間と同じように、色褪《いろあ》せてしまうような気がする。

たしかに、弁護人団が言うように、帝銀椎名町の吉田武次郎支店長代理は、自分が犯人と面会して、行員に「予防薬」を飲ませた責任感から、ほかの者よりも「捜査に協力したい」心理から、平沢を犯人とする心理が働いたのであろう。

しかし、それは吉田証人の印象であって、平沢を犯人とするには、「ピンと来ない」という村田正子証人の最左翼の証言と共に、いずれも目撃者の主観である。

平沢の人相が犯人の顔に似ていることは、間接証拠として、最も強力のようで、実は一ばん脆弱《ぜいじゃく》な点ではなかろうか、と考えられるのである。

それよりも、平沢白説にとって、致命的なのは、昭和二十三年一月二十六日に、平沢に出所不明の大金が入っている事実である。これは、どのように平沢の側に立って贔屓《ひいき》している者でも、はたと当惑しないでは居られない。

弁護人団も、この金の出所になると、俄《にわ》かに顔色が悪くなるのである。というのは、平沢は、金の点になると、弁護人にも曖昧《あいまい》なことしか言わないからだ。

平沢は一月二十八日に東京銀行へ、林誠一のチェーン預金を八万円し、一月二十九日平井の清水虎之助からといって、妻マサに渡したのが三万五千円、同じく三十日古河電機の西村啓造からと言って渡した一万円、同三十一日住友銀行の封鎖解除になったからと言って渡した九千円、合計十三万四千円は、確かに平沢が所持していたとみられている。

これについて弁護団側は、次のように釈明するのである。

帝銀関係に関して平沢の供述は、検事調べ当時混乱したにもかかわらず、法廷において明瞭《めいりょう》でないことは率直に認めるところである。

平沢は、逮捕当時、最初に金銭の出所を問われたとき、花田卯造からもらった画料十万円を申立てている。

花田卯造から十万円、昭和二十一年十一月ごろもらった可能性なきやについては、花田未亡人はあり得べからざることと、絵に興味なく、封鎖後であって、そういう余裕なく、花田の収入は些少《さしょう》の俸給収入にとどまった、ということを理由としている。しかし花田の俸給程度の収入では、花田ならず、われわれでも生活できぬ程度のもので、封鎖破りをやって生活をするということは、むしろ当時常識であった。常識からいっても、花田は日本船舶会の一幹部といわれ、世上から飯野海運株式会社を、ことに戦時中、これを、第一流会社にのし上げたのは、彼の手腕によるというほどの人物である。そうとうの資産を持っていたものである以上、封鎖預金もそうとう大きいものであったと推定すべきである。しからば封鎖後、当時、あらゆる現金化の方法を考えないということはあり得ない。これを専門とするものがわれわれのところにさえ勧誘に来た事実もあった。それはきわめてあり得べきである。しかも大飯野海運の社長に交際費もなく、二、三千円の現金俸給で食っていたと考えるほうがナンセンスである。昭和二十一年十一月、平沢が来訪したことは、花田未亡人の認めるところである。また、妻マサは当初何のまえとの関連もなく、二十一年十一月ごろ、平沢が上京したかとの問に対し、ございますと答えたことは、当時平沢訪問の可能性を物語るものである。平沢によれば、花田がその妾《めかけ》にやるべく準備した十万円を、平沢に回したというのであるが、花田が築地方面で豪遊し、斗酒《としゅ》なお辞せざるほどの人物であったことは、弁護士は資料をもちながら、法廷において立証することを怠ったことは、まことに遺憾である。しかし花田に女があったことは、彼の地位と花柳界に親しんだものであることを考えれば、むしろないほうが不思議なくらいであって、家を焼いたか、着物を焼いたか、自分の女のために十万円を用意しておいたというがごときは、あり得るところである。以上を総合して、花田の女にやる十万円を回してもらったということは、その可能なきにあらざることと明白である。

平沢は法廷において、別に証券売却のことを申立てているが、彼の証書類を所有していたことは、マサの供述、その他から十分あり得るが、平沢が言うがごとき大量であったかはわからない。戦後平沢が言うごとき数量を売却したかについては、弁護士も率直に言って、得心することができない。ただし当時、債券買入れます、と各街頭に立って買入れを行なっていた業者が多数あった事情から、これらの場所で、量は知らず、売却したことはあり得べきだと思う。

いずれにせよ金について、彼を追及すればするほど、なにか正常ならざるものを感じせしめるのである。むしろ彼は何かほかにもっと恥ずべき入手先をもつのではないかとの、疑いがある。

当初、平沢弁護の弁護団長は正木亮であった。しかしこれは山田義夫弁護人から懇請されて就任したのであるが、正木弁護人は途中でその主任弁護人を辞退した。その理由の一つは、平沢が金の出所について満足に弁護士に知らせなかったことにあった。これについて正木亮は、次のように言っている。

「平沢貞通という人は、記録を通覧して見ると、実に嘘つきである。ことに本件を解決する最も重要なる、昭和二十三年一月二十八日から三日間に渡って所持していた十三万四千円の金を、どこから入手したかという点について、あるいは清水虎之助にもらったと言い、あるいは花田卯造から出たと言い、あるいは椎熊三郎というように、次から次へと嘘を言っている。この点さえ真実を述べれば、事件は数刻を出ずして片づくのである。平沢被告は、この金をどこからか入手していることはまちがいない、あるいは帝銀の金かもしれない、またあるいは意外な人から出た金かもしれない。ほんとうに本件に関係のない金なら、弁護士にだけそっと知らせてくれたらよさそうなものである。しかし、私は昭和二十三年十二月二十日の、第一回公判前に、小菅《こすげ》に被告人を訪れて、右金員の出所をただしてみました。しかしそれは公判で彼が供述する以外のなにものでもなかったのであります。私はその時においてこの事件は被告人の弁護というよりも、真実の弁護、司法分化のための弁護をなすことが、弁護人、少くとも私の責務と感じたので、弁護団の方々と相談して、主任弁護人の地位を退いて、きわめて公平に事件の推移を観察いたしたつもりでございます」

六

正木亮は、平沢が金の出所を明白にしないので、主任弁護人を退いたのである。そのことは同弁護士さえも、平沢に疑惑を感じはじめたことを意味する。ドレーフュス事件のゾラの映画を見て感激し、友人や知人の忠告を斥けて、弁護をひきうけた弁護士がそうなのである。

仁科俊太郎には、この平沢の手に入った金が、事件直後、一日置いた、一月二十八日、二十九日、三十日、三十一日の四日間であることは、どうしても二十六日の帝銀犯行日に結びつくように思われるのである。これは平沢にとって、最大の欠陥であり、彼が金の入手先を明白にしないことだけで、彼を「黒」と決めてもいいくらいなものである。

清水虎之助に貰《もら》ったということも、椎熊三郎その他のパトロンに貰ったことも、すべて平沢の嘘である。この貰ったという人の中で、或《あるい》はそうかもしれない、という可能性が一ばん考えられるのは、飯野海運株式会社社長の花田卯造である。

平沢は公判の最初で、十万円は、屏風《びょうぶ》を描く約束で、その手金としてもらったと述べた。花田卯造は死亡しているので、その立証のしようがないが、平沢の作品で、抛物線《ほうぶつせん》を描いた雪の絵は、当時評判になったもので、五万円か八万円くらいはしていたから、屏風の十万円も高いとは言えなかった。

花田卯造がまだ元気なとき、平沢が花田邸に来ていたことは、未亡人は認めているが、十万円を平沢に渡したことは知らないと言っている。そして、屏風のことは全然話に聞いていなかった、と証言している。

当時は、まだ封鎖預金の解けないころで、いわゆる五百円生活であった。実業家といえども現金の不自由には困っているときで、検事が、花田卯造から現金で十万円という大金が貰える筈《はず》がないと衝《つ》くのは、この理由からであった。

弁護人側は、花田卯造は飯野海運を一流会社に仕立てたほどの実業界の傑物《けつぶつ》だから、それくらいの現金は、どうにでもなる、封鎖時代といっても現金化の方法はいろいろと行なわれていた、と反論するのである。

いずれにしても、当時でも十万円という大金を花田卯造が平沢に出したら、普通の常識なら、夫人に話す筈である。夫人は聞いていないという。実際、検察側で、その屏風を捜索したが、出てこなかったのである。

もし、ここで、平沢の言うことが本当だと仮定すると——仁科俊太郎は考えた。

花田卯造は何故、夫人に黙って、平沢に十万円を渡したか。そして、何を描かせようとしたか。

弁護人側は花田氏に花柳界方面に愛人のあったことを想定し、屏風はその愛人の家へ入れたのではないかと考えている。このことから、平沢が描こうとした絵の構図が泛《うか》び上がるのである。

普通の絵画よりも、秘戯画《ひぎが》を描くことが、ずっと高価な画料になり、すぐに現金で渡されるのは考えられることである。しかも、これは依頼者が家族にも話さない秘密のうちで行なわれる取引なのだ。

当時、画家は、超大家級は別として、仕事が少く、生活に困っていた。あの人が、と思われるような有名な画家が、秘戯画を描いた話は仁科俊太郎も聞いて知っている。平沢画伯がそれをしなかったとは断言できないのである。

ことに平沢大暲のテンペラ画は細密な写実画で、その執拗《しつよう》なリアリズムの画調は、そのような種類の画には最も適切なものではあるまいか。

これを裏づけるというほどでもないが、読売新聞社気付で弁護人側に女性の投書があり、「私は前に平沢さんに春画を描いて貰い、相当なお金をお礼したことがある。平沢さんも、このことはおっしゃってしまった方がいいと思うから、弁護士さんからそうおすすめしてくれ」という意味の文字が認《したた》めてあった。弁護人が、これを平沢に質《ただ》したところ、彼は頑強に否定したというのである。

もし、仮りに、平沢が春画を描いて、高い画料を貰い、それを箪笥《たんす》のかげにかくして、少しずつ妻に渡したとするならば、彼は、何故、その金の性質を吐かないのであろうか。

これは、いやしくも文展の無鑑査級の画家であり、日本に於《お》けるテンペラ画の興隆を希《ねが》っている平沢画伯としては、口に出せないことである。春画を描いたと自分の口から白状すれば、彼の画家的な生命は消滅するのである。だから、このことだけは、絶対に言えなかったのであろう、という想像も起きるのである。

しかし、金の出所が明瞭《めいりょう》になれば、平沢の嫌疑は殆《ほとん》ど晴れると同じに近い性質のものである。彼は死刑の判決を受け、死に片足をかけながら獄中に蹐《かが》んで居るのである。死と、画家的生命とは、どちらが重いか。

平沢画伯は、肉体的な死刑よりも、芸術的生命の処刑を重しとした。その比重の測り方は、普通人では考えられぬことだが、多分、平沢は、「恥よりも死を択《えら》ぶ」という殉教《じゅんきょう》精神に立っているのかもしれない。仁科俊太郎は、獄中で画を頻《しき》りと描き、その作品が雑誌に写真版で載っているのを何度か見ている。平沢画伯が得意そうに画を描いて世間にその作品を観て貰いたい様子が眼に泛ぶようである。その自信は、死に代えても自己の芸術を防衛している意識の結果であろうか。

しかし、常識として人間は殺害から脱れたいのは本能である。平沢は、なぜ、「画家」を捨てて、死から脱走しないのか。ここにも、平沢の普通人には理解出来ない変質的偏執的な異常性格が働いているのであろうか。

弁護人側が、

「彼はむしろ他にもっと言うを恥ずべき入手先を持つものではないかとの疑いが持たれ、裁判長からもそのお尋ねがあったのであるが、彼は、無し、と答えた。画による正しからぬ金銭入手は画家として最も恥ずべきものであり、平沢の如く画を描くことに全身を打ち込み画業を持って生命と心得るものには、画の生活をスポイルする如き所業は告白するに忍びずという観念に固執して本件に不利なる心証を得ることも犠牲にせんとするものではあるまいか」

と弁論しているのは、この辺のことである。

しかし、平沢が春画を描いたか、描かなかったかは、立証することは出来ない。描いたかも知れぬというのは、飽くまでも想像である。

いずれにしても平沢が、一月二十八日以後東京銀行へチェーン預金した八万円、妻に渡した五万四千円、合計十三万四千円の出所が不明のままであることは事実で、平沢は未《いま》だに花田卯造から十万円を貰ったと空疎な主張をしつづけているだけである。

この金の出所問題は、検事の言う間接証拠としては、最も強く、他の強い直接証拠を圧倒しているのだ。

しかし——と仁科俊太郎は思うのである。

それが、如何《いか》に強烈であろうとも、間接証拠は遂に間接証拠以上にはならない。出所不明の金だが、それが、帝銀椎名町支店の被害、現金十六万四千四百十円、小切手の換金一万七千四百五十円、合計十八万一千八百六十円の一部であるという結びつきの物的証拠は無いのである。

そして、その間接証拠である金の出所問題が、他の物的証拠を圧倒しているところに、かえって物的証拠の薄弱さが眼につくくらいである。


平沢貞通と同じような条件、例えば、人相、年齢、松井名刺、アリバイの曖昧《あいまい》さ、青酸カリの所持、事件後、大金を持っていたケースは、ざらに多い。そして、これらのいくつかは、平沢が捕まって、警視庁で取調べ最中にも、他の地区で検事が調べているから、奇妙である。

つまり、帝銀犯人に当てはまる条件は、何も平沢ひとりに限定された訳ではないのである。もし、平沢逮捕の線が出なかったら、或は、他の同じ条件を持っている人が、捜査本部に連行され、検事の厳重な取調をうけ、もしかすると、起訴されて公判に回り、死刑の判決を受けたかも分らないのである。

これは、突飛《とつぴ》な考えではない、と仁科俊太郎は思うのだ。直接証拠が薄弱な点では平沢も、他のいくつもの似たような間接証拠をもっている人間も、同一線上にならぶのである。

仁科俊太郎は、その代表的な例を頭に泛べている。

東京法務局人権擁護部に、千葉県N市で薬局を開いている某氏が、これこそ帝銀の真犯人だと思うのだが、何とかしてもらえないかと、一つの事件を持ちこんで来た。真犯人としてあげているのは、同じN市で内科医院を経営している医者のR氏であり、某氏は、彼の筆蹟《ひっせき》、写真その他の資料を既にあつめて持参していた。擁護委員の一人が、調査にのり出した。その結果、筆蹟、写真、それに三十三人に及ぶ証人の話がまとめられた。

R氏は、一高、東大医学部をいずれも優秀な成績で卒業し、社会事業にも関係していたが、N市に開業してからは、性格に些《いささ》かの変化が起った。

診察費や薬代の払えぬ農民達から、その代金として畑二坪までとりあげるという苛酷《かこく》さで、財産をふやし、いつのまにか土地の名士にまで成り上がった。そのやり方のはげしさは、一頃、R氏の病院をさして、「ドロボー病院」という陰口があったことからも想像されるが、同時に、彼の女関係の無軌道さも相当のものであり、「私が関係した女は千数十名いる」と、彼自身豪語したことがある程であった。

そうした女性からの脅迫状めいた、金銭要求の手紙も、幾通か某氏によって集められている。

帝銀事件当時、R氏は、この女性関係の噂のひろまりと、患者に対する苛酷さとから、急激に評判を落し、経営に困難を感ずるようにまでなっていた。そうした経営の打開策として、彼は厚生省、県当局に、結核病床の指定を受ける運動を始め、その為に絶えず東京方面と交渉があったが、その往復には、専ら自家用車のシトロエンを使っていた。

殊に椎名町付近の中野区江古田には、彼が関係していた女性がおり、そこへ車で通って来ているR氏にとって、椎名町はいわば、通りみちになるわけで、土地カンは十分にあったと思われる。

更に不審の点は、R氏が二十二年十二月に長男の結婚費を作る為十万円で売った山林を、翌年の二月に十二万五千円で買い戻している事実である。前にも四十万円で土地を売り、病院の維持費にあてていた位、金に困っていた筈《はず》のR氏に、どこからそれだけの大金が転がり込んで来たのか？　しかも買い戻したのが、帝銀事件直後であるという。

おかしな点は、こうして考えてみると、まだいくらでもある。先《ま》ず、土地、山林などの明細を記した書類の上の彼の筆蹟が、事件直後から急に変って来たこと、次に、これも事件直後、病院で原因不明の卒倒を起し、それを口実に二ヵ月余りも、顔中ヒゲだらけにして寝たきりで、その際、腕をくじいたとかで、イヒチオールを手一杯に塗りたくっていたという事実である。

　彼のそれまでの筆蹟は、小切手の裏の「犯人」の筆蹟と非常に良く似ていたのだが、たとえ、似ていなかったにせよ、何故筆蹟を変えねばならなかったのか。後者の場合にしても、指紋や人相をゴマカス為の、彼の作為であったのではないか。

　犯行に使った薬ビンにしても、R氏の病院で使っているものと同じである点では、画家である平沢の場合よりも、可能性が強いと考えられるし、「犯人」が使用した松井名刺も、戦前から厚生省と接触のあったR氏には、容易に手に入ることが考えられる。そればかりではない。彼の長男は、医学生時代に、江東の水害地に都庁防疫班として、アルバイトに出ていたことがあり、「犯人」がつけていた腕章は、その時のものではないかとも言えるのだ。

　かく検討してみると、不審の点が多く、むしろ、平沢に対する証拠よりも比重が重いようにすら感じられる。いままで寄付などしたことのない彼が、帝銀事件満三周年にあたる二十六年一月二十六日、野田福祉事務所に十万円の寄付を申出ていること、更に、二十七年暮れから地元の新聞に連載した随筆の中に、「死」「断頭台」「死の形相」など、あの残虐事件を暗示する様な言葉が、何度も出ていること、この、かくされた心理を裏書きするかの如く、二十九年二月十九日、R氏は急死しているのである。

死体は検死の結果、脳出血と診断されたが、彼の死んだのが、家族のいない間であったこと、いつも見送りなどしたことのないR氏が、その日に限って家族を東京に遊びにやるのを見送りに出たということ、更に十九日という日は、中井事件のあった日であることから、自殺ではないかと疑われた。

七

次に、帝銀事件の容疑者として、千葉県小金町署で逮捕した、前科四犯Yも、また一つの例である。

彼は、二十四年九月十日、「厚生省薬務官監視官塚田正《つかだただし》」の名刺を使って、小金町役場を舞台に、「集団回虫が発生した」と称し、サントニンのカゴ抜詐欺を目論《もくろ》んで失敗したのである。彼は以前にも、東京、岐阜《ぎふ》など各地で、インチキサントニンで約六千万円の詐欺を働いたことがあり、その巧妙な手口や人相、筆蹟等から、若《も》しや帝銀事件の犯人はこの男では、と、署員は張り切った。早速千葉地検武村《たけむら》検事に報告し、捜査を開始したが、小金町署は署長以下全署員十名という小組織であるだけに、その捜査は困難をきわめた。中井事件の翌日、一月二十日に離縁し、現在は弘前《ひろさき》市に別居中の、Yの先妻A女、元情婦だった甲府市に住むB女、及び問題の山口名刺を印刷した、銀座露店商などを、参考人として呼び出して事情を聴取したり、Y及び特殊な彼との関係者の家宅捜索を行なうなど、本腰を入れた捜査を始めたのである。その結果、Yに関して、次の様な事実が浮かんで来た。

その一つは、彼の学歴は小学校までしかないにも拘《かか》わらず、東京医専を三年で中退したと自称して、浅草千束《せんぞく》診療所の代診を勤めたり、医学博士の看板を掲げて、堂々と外科手術まで行なっていたこと、又、実弟が甲府市百石町で病院を経営していることから、諸種の薬品に精通していたこと、である。

次に、十一年十一月、医師の代診をしていた頃、東京蒲田《かまた》で、老婆にゼンソクの薬だと偽ってマスイ薬をしかけ、衣類を盗んだ事実、及び、同十年頃、甲府の馴染《なじ》み芸者を上諏訪《かみすわ》温泉に同行し、心中するとみせかけて芸者だけを死なせた事実のあること、更に、妻の実家が仙台であり、遠縁にあたる慈恵医大の某医学博士と松井蔚博士とは親交があったので、松井名刺のうち、行方のつきとめられていないものの一枚を、彼が入手しているのではないかという疑いがあること、等である。

先妻A女は、事件当時、Yは確かに東京にいたと証言した。武村検事がこの線で捜査をしたところ、Yは、二十二年暮れ、金に困って山梨県小笠原《おがさわら》町の家から夜逃げをして上京し、その際、銀行の空通帳を改ざんして四万円を詐取していたことが判明した。その上、二十三年一月二十四日は、松戸市松翠館旅館に、情婦B女と「山口二郎」の名前で投宿し、事件発生の二十六日午前十時まで滞在していたこともわかり、当時、アメ色の長靴、オーバー、服、カバンなど、帝銀犯人の服装に酷似したものを着用していたことは、Y自身の自供に依《よ》ってはっきりした。美貌《びぼう》と才気を兼ね備えていたYは、金にまかせて酒と女に浪費し、いつも金に困っていた。

「あの人ならやりかねない、第一回の帝銀犯人の手配写真を見たとき、あの人が犯人じゃないかと思ったくらい」とB女は述べている。

　更に、山梨の実家を捜索した際に発見された青酸カリとスポイト、当時の注文者によく似ているという、銀座の露店名刺屋の証言等で、一層「Yこそ」の線を固めた千葉地検と小金町署は、武村検事をして、東京最高裁判所に報告を受理せしめた。しかし、東京側の見解は、武村検事の捜査は「Yクロ」への追及が熱心すぎる余り、基本捜査の面で重大な欠陥があることをこの様に指摘して来た。

　松井博士及び、慈恵医大某博士は共に、「Yとは全く面識がない」として、松井名刺との結びつきも正式に否定している、それればかりでなく、報告書の中には、これと思うキメ手は一つもない。あの程度のものなら、捜査の過程で幾人も出て来る。

　こうした東京側の意見に、既に一年分の捜査予算を、半分以上も使い果たしてしまった小金町署では、それに楯《たて》つくだけの金も力もなく、二カ月にして、Yこそ「真犯人」の説も崩れ去ったのである。前科者に扮装《ふんそう》してYと同じ留置場に入り、何とか彼の口から聞き出そうと努力した武村検事の苦心をよそに、Yはサントニン詐欺で起訴されてケリとなってしまったのである。そればかりではない。小金町署長は栄転になり、武村検事は詰腹《つめばら》を切らされたと言うことまでこの事件に付随しているのである。

今一つの「真犯人」は、豊島区長崎に住む日本ハーピア貿易株式会社社員A氏である。

A氏は、かつて東京泉岳寺《せんがくじ》前の医療器械を扱うN商会に勤めていたことがあり、事件捜査上問題になっているピペットの扱い方に習熟している。彼は昭和二十五、六年頃、近所の人達に医者の代理をつとめたこともあり、薬物の知識がある上に、本職の方の関係から、医者や薬との接触が多く、青酸カリを入手する機会もあったと思われる。彼を訴えた日本美術院院友のO氏は、O氏の義弟が将校用の自決薬として渡された青酸カリを持ったまま、岐阜の航空隊から復員したとき、Aは執拗《しつよう》にそれを欲しがったと述べている。又、犯行現場の帝銀椎名町支店は、Aの家から歩いて十分乃至《ないし》十五分の距離にあり、その付近の事情にくわしいこと、犯人の左ノドにあったと同じ傷が、Aの左ノドにもあること、彼の筆蹟《ひっせき》が犯人のそれと酷似していること、等々から、O氏によって某誌上で「真犯人らしい」との指摘を受けたことがある。

――帝銀事件の容疑者として、一応、全国の警察で調査されたのは、五千人以上というが、その半分以上は、恐らく、これに似たり寄ったりのことであろう。

そして、この典型的な例でも分るように、共通した一つの条件がある。それは、どの容疑者もすべて「医学」の心得があった、という一点である。

帝銀事件の犯人が、ただ、青酸カリを他の飲料水に混ぜて飲ませたというならば、このことは起らない。十六人を手もとにひきつけて、「予防薬」の飲み方を講釈し、自らも飲んで見せ、一分間に一挙に仆《たお》したところに、よほど犯人は毒物の知識、又は医学的経験者だと思われたのである。これは、期せずして、一般大衆が、「帝銀犯人の人間像」を創り上げているのだ、と仁科俊太郎は思うのである。

そして、皮肉なことに、平沢貞通だけが、この「医学的」な条件を持っていないのだ。

名刺、筆蹟、アリバイの曖昧《あいまい》、金の出所不明、あらゆる容疑条件は揃ったが、ただ一つ、平沢は巷《ちまた》の画家であって、医学的経験の条件が無い。なるほど彼は指圧を習っていて、多少、医学の初歩を覗《のぞ》き見《み》したかもしれないが、その知識は非科学的なもので、根拠を持たぬことは、精神鑑定書に出ている。それに、毒物の知識に至っては零と言ってよい。この犯人は医学的経験と毒薬の知識の所有者でなければならない、と漠然と考えた一般人の犯人像の方が案外に当っているのではなかろうか。

それでは帝銀事件の犯人はいったいどのような人間であろうかと仁科俊太郎は考えた。平沢に関するいっさいの線をことごとく消してしまって、ただ帝銀犯人というイメージについて考えると、ひとつの人間が、仁科の眼には浮かぶのである。

この犯人の特色はまず第一に残忍酷薄な人間である。あらゆる犯罪者中、最も残忍性を具備しているものと言わなければならない。たとえば帝銀の吉田支店長代理の事件当時の供述にも、犯人はこの薬を無心なる幼児（小使滝沢の子）にも飲ませたいという申出に対して、犯人は平然としてよろしいとうなずいているのである。これは、通常の人間ではとても言えないことである。

それから犯人は非常な精神と強い意志の持主であるということも言える。それはかなり執拗な性格であった。というのは犯人は、十月十四日、第一回の犯行を行ない、つぎに一月十九日に二回め、さらに一月二十六日、帝銀椎名町支店において成功しているからである。その間に前回の経験から不備を発見した点を次第に改善して、第三回はまことに見事に完成しているのである。たとえば腕章の文字、またはマークなどは、被害者の信頼をかちうるよう、次第に尤《もっと》もらしいものになっている。

第二回の失敗のひとつは、伝染病発生の個所が真実でなかったためであって、第三回は実際に伝染病発生の場所を用意している。さらに考えれば、これは第一回、第二回と彼が失敗したわけではなく、試験したのではないかと思えるのだ。そしてこの試験の結果、二回のテストの成果を挙げて、第三回の帝銀における本番にかかったものと考えることは、無理ではないように思える。いずれにせよ前の年の秋以来、計画して、次第にこれを実行に移して、翌年一月の末、成功したというのは強靭《きょうじん》な意志力のあらわれである。

犯人は頭脳的犯罪者であろう。まず一回、二回のテストを行なったことといい、あくまでも合理的に計算され割り出されたものである。犯行に選んだ時日もまったく妥当をきわめている。たとえばとくに忙しい休日あけの日の、一日の営業を終って繁忙から解放され、ホッとして注意力の最も散漫な、いわば空白なる時間であろう、閉店してしばらくした時間を選定している。与えた毒物の量もきわめて精妙に計算されている。第一薬は青酸性毒物と推定されている。第二薬は警視庁の推定によれば水である。水を与えることはなんらの化学的な意味はない。しかもこれを与えたのにはなんらかの意味がなければならぬ。そこで第一薬を飲んで一分以内に第二薬を飲まねばならぬとして、第二薬を与えた。そこに一分間が意味を持つのであって、第一薬が毒物効果を発現するに必要なる時間を一分と知っていて、その必要な一分間は被害者を手許《てもと》に把握しておくための必要な巧妙なトリックだった。

　なぜ、この一分間が必要だっただろうか。十六人の多数の人間に一時に薬を飲ませたとはいえ、その飲む速度によって個人的にちがうであろうし、また薬の量を按配《あんばい》したといっても、男性と女性、年齢的な差異など、いろいろ個人差がある。その個人差にしたがって毒物の効き目が早くくるのと、遅くくるのとがあるわけである。もし飲ませている途中に一人でも早く倒れたら、彼の計画は瓦解《がかい》するわけである。そこを考えて一分間という時間を置き、そのあいだ外に一人でも出ないようにし、また、倒れる者もなく、致死量すれすれの遅効性の薬を与えたのである。そして一分間がすぎたときに、躊《ため》らうことなく被害者が含漱《うがい》をしてもよいかとの質問に、にっこりしてうなずいて被害者を解放している。この自信はどこからくるであろう。つまり、毒物の実際的な知識だけでなく、実践から来た自信と見てよかろう。自分で体験したか、反復実践した結果の十分なる情報を持つものでなければなるまい。この推理は警視庁の最初にしたことだ。

　このことから犯人の性格は計画的で科学的であるということが言える。ただ、時のはずみとか、酒の上での酒乱だとかいうような衝動的な殺人ではなく、なんら自分とは利害関係のない人間を、平然として十六人、一瞬のあいだに抹殺しようとしたその心は、科学的であると同時に人間性を失った男と見るべきだ。そのことは昭和二十三年という当時の社会情勢、終戦後の混乱、道徳の破壊という現象とこの犯罪と離して考えることはできないようである。帝銀事件の犯人の性格が不気味であり、非情性であり、残忍であるということから、硝煙の匂いが犯人の背後に立ち昇っていると言われるのも、このことからである。

真犯人は毒物の最小の致死量を完全に知っていた。またその飲ませ方も経験者でなければできないことである。警視庁が真犯人は軍関係でなければならぬとした理由でもある。仁科はそのように「犯人」を思うのだ。

警視庁の軍関係者という推理はその捜査方針となり、管下警察署長、全国各府県警察部長、その他宛の指示、捜査協力の照会に明らかにされている。それによると、犯人の線が記載されている最初のものは、府県市町村防疫関係者、医師、薬剤師、その他進駐軍使用者等々を挙げ、最後に引揚者または帰還将兵中、医療の心得のあるものを挙げ、犯人のひそむ線を明確に指示していない。薬品の取扱いが技術的に洗練されているから、医療、防疫、薬品に関係あるものとしている。

捜査要綱として、その経歴としては、まず薬学、または理化学系学歴、または電気メッキ処理、写真その他の工業従業者と、つぎに軍関係は、薬品取扱い特殊学校、同じく研究所、及びこれに付属する防疫給水隊、もしくは憲兵、特務機関に従属の前歴を有するものとの二つを挙げている。この軍関係の比重ははなはだ重くなっているのである。つぎにみずから薬を飲み、実演してみせた、人数を一ヵ所に集めて掌握しているところなど、かなりそういう経験のあるものだという推定から香具師《やし》もまた捜査対象になっている。

特に軍関係、特殊工作員が一月以来、六月に至る調査研究として、ここに最適格者として指摘されるに至ったのである。その根拠としては松井蔚の真物《ほんもの》の名刺を手に入れていること。これは松井がもと軍関係にあったことは本人の供述のとおりである。

その青酸化合物を飲ませたときに用いた特殊な薬ビン、ピペット及びケースなどが特殊なもので、これも軍と直結する。当時、民間ではそれほど品質の優良なピペットやケースは出回っていなかったからである。

犯人は毒薬の時間的効果に深い自信を持っていた。第一薬は毒物であり、第二薬は水程度の無害の液体と推定されるが、このトリック以外に犯人もまたみずから毒物を飲みながら、その毒作用を受けなかったトリックも、経験者でなければできないことである。このみずから飲むということは、一歩誤まれば自分もまた死に至るほど危険なもので、それを顔色ひとつ変えず、悠然と行動したことは、非常に自信のあるトリックを彼が持っていたことを意味する。つまりそれだけの自信を得る経験を、犯人は過去に体験していたと言わなければならない。

したがってこの毒物の飲ませ方があざやかであり、一部の人が言うように、まったく素人のまぐれ当りと考えることはできないような気がする。警視庁ではこの犯行の玄人性、または専門性を確信して、この前歴者以外に犯人なしと確信し、平沢逮捕に至るまで、その根本方針を変更した事実はないのである。

それで平沢逮捕後、平沢がこの専門性になんらかの関連があるのではないかと検事は問題にして、その尋問中にも軍との結びつきを発見しようとして、いろいろ尋問している。しかし平沢に関するかぎりこの関連にはほかの捜査によっても、またなんら証明すべきものが発見されなかった。そこで検事は途中で、この犯行の専門性をにわかに素人にもできる犯行だという、素人説に切り換えるに至った。もうひとつ、平沢と真犯人を見たという証言のなかで、体格の二、三について一致しない点がある。

たとえば事件発生直後、病院での聞き取りで、吉田支店長代理は、ただ医者にしては手が武骨すぎると思いましたと証言しているのだ。ただしこの吉田証言は大村捜査主任にも、検事にもくり返して語っているのだが、平沢逮捕後には似ている点として、指のぶばっていない点を挙げ、事件直後と逆の証言となっている。しかし警視庁が最初に手配した写真によると、請負人風、あるいは請負師風としてある。

これは生き残り証人の得た印象を、最初、警視庁が率直に表現したものと思えるのである。この手がぶばっていたということと、軍人の手ということは、容易に連想されることだ。したがって警視庁が軍関係の捜査に主力をあげたのは当然と言わなければならない。

人はだれでも平沢貞通が帝銀犯人ではないという漠然たる感じを持っているが、その根拠は、町の一介の絵描きがあれほどの毒物知識があるはずはないし、またそれほどの度胸があるとは思えないという、素朴な感じ方であるから、したがって平沢をめぐるこの犯罪の適格、あるいは不適格説が、ここから検事、弁護士のあいだにも生ずるわけである。平沢の線からは毒物の入手先の確然たる証拠はない。平沢の最初の自供によると、かつて新聞紙上で読んだ増子《ましこ》校長毒殺事件にヒントを得て、青酸カリを使用し、銀行を襲撃して、一挙に巨額の資を得ようと決心したとあり、その毒物青酸カリは、昭和十九年十月ごろ、近所にいる当時、東京都淀橋区柏木《かしわぎ》三丁目の薬剤師、野坂弘志より、絵画の地塗りに混入して用いると称して、約十六グラムの青酸カリを貰《もら》い受けた事実を言っているが、この野坂薬剤師は既に死亡している。

しかし、平沢がその青酸カリを貰っていたとしても、帝銀事件に於《お》けるあの犯行は、ただ単に、増子校長毒殺事件にヒントを得て思いついた程度では、出来る犯罪ではなさそうである。

八

警視庁の軍関係の捜査は、どの程度の拡がりと深さをもって行なわれたか。このことになると全く詳しいことが判らないのである。当初、警視庁の捜査の主流は軍関係であった。平沢が捕われてからこの線は消失した。「真犯人」が上がったから、軍関係捜査の資料も捨て去られたのであろうか。仁科俊太郎が帝銀事件に興味を起してから、自分の社はもとより、他社の当時、帝銀事件を担当した記者たちに訊《き》いても、はっきりした返事が聞けないのである。さあ、どうですかね、と曖昧《あいまい》な顔つきになるだけである。

彼らは平沢のことになると非常に詳しく仁科に教えてくれた。しかし、警視庁がどのように軍関係の追及をしたかということになると、俄《にわ》かに口数が少くなるのだった。

これは、新聞記者達が、警視庁の発表だけを伝達していたということではないか、と仁科は思った。警視庁では軍関係の捜査は極秘の裡《うち》に行なった。それは種々な考慮、例えばその捜査の一部は占領軍関係の中にも伸びていたし、戦犯問題への配慮もあったから慎重だった。従って、新聞記者達へ多くのデータを与えるのを好まなかった。出しても、極めて抽象的だった。このことから、彼らが、あまり多くを知らない原因となったような気がする。

しかし、平沢貞通が北海道から連行されると、警視庁は初め、黒三、白七の割合だと言いながらも、平沢に関するデータは流れるように出はじめた。新聞記者達にとっては警視庁ダネに倚《よ》らざるを得ない。勢い新聞が警視庁の主観を伝達する結果になった。平沢に就いて、彼らの知識が具体的で、豊富で雄弁になるのも道理である。

それでも、仁科俊太郎は、出来るだけ彼らの中から軍関係捜査の片鱗《へんりん》を索《ひ》き出そうとした。それから新聞関係でなく、捜査事情を内部的に知っている人の幾人かにも、伝手《つて》を求めて遇い、話を蒐集《しゅうしゅう》した。

その結果、全貌《ぜんぼう》ではないが、多少のことは判った。断っておくが、全貌ではなく、深度も多分、浅いものであろう。

警視庁が軍関係追及の対象としたのは、戸山原の陸軍科学研究所、川崎市登戸の第九技術研究所、いわゆる九研、戸山原の第六技術研究所、いわゆる六研で、これらの研究所は毒薬や毒ガス、細菌などを研究していた。この毒物の中には青酸化合物もあった。

これらの薬は、大陸の謀略部隊、特務機関に使われ、中でも満州のハルビンに在った石井中将の率いる第七三一部隊がある。ここでは防疫給水部が作られ、後に大陸各地方や南方に分れて、それぞれ防疫給水班となった。それとは別に、スパイ活動の技術を教える学校が中野にあり、いわゆる中野学校の名で呼ばれた。

これを表にしてみると、大体次頁のようなことになろう。

警視庁捜査本部は、帝銀犯人はこの組織の中に居た人間以外にないと考え、復員者の調査を全国的に手配すると共に、その聞込みや捜索に動いたのである。

ところで、最も有力だとされた石井部隊は、石井中将以下の幹部が終戦直前に飛行機でハルビンを脱出し、米軍に捕われ、やがて占領軍司令部の技術嘱託となった、というのである。

そしてハルビンに残留した七三一部隊の連中はソ連軍に捕われ、戦犯に問われたのである。一九五〇年、モスクワで出版された「細菌戦用兵器ノ準備及ビ使用ノ廉《かど》デ起訴サレタ元日本軍軍人ノ事件ニ関スル公判書類」の部厚い日本語書籍には、七三一細菌戦部隊部長、七三一部隊課長、七三一部隊衛生兵実験手などの戦犯被告の名が記載されている。

同書の供述によると、次の通りである。

「石井研究所ヲ基礎トシテ編成サレタ部隊中ノ一ハ秘密保持ノ為、『関東軍防疫給水部』ト称シ、第七三一部隊ナル秘匿名称ガ付サレタ。

此等ノ部隊ハ、細菌学ノ専門家ヲ擁シ、ソノ要員ノ中ニハ日本ノ有名ナ細菌学者ノ指導ヲ受ケタル多数ノ研究員並ビニ技術員ガイタ。第七三一部隊ノミデモ、約三千名ノ勤務員ヲ有シテイタ事実ニ徴シテモ、細菌部隊ノ業務ノ規模ハ明ラカデアル。

日本軍統帥部《とうすいぶ》ハ細菌戦用兵器ヲ準備シテイタ。諸部隊ノ維持費トシテ極メテ莫大ナ金額ヲ支出シテイタ。一九三九年頃、哈爾賓《ハルビン》カラ二十キロ隔ッタ平房駅ノ付近ニ、第七三一部隊ヲ配置スル為、多数ノ研究室、業務用建物ヲ有スル大軍事部落ガ建設サレ、大量ノ原料ガ貯蔵サレタ。而シテ、業務ヲ極秘裡ニ実施スルタメ、該部落ノ周囲ニ、立入禁止地帯ガ設ケラレタ。同部隊ハ、飛行隊ヲ有シ、安達駅ニ特設実験場ヲ有シテイタ」

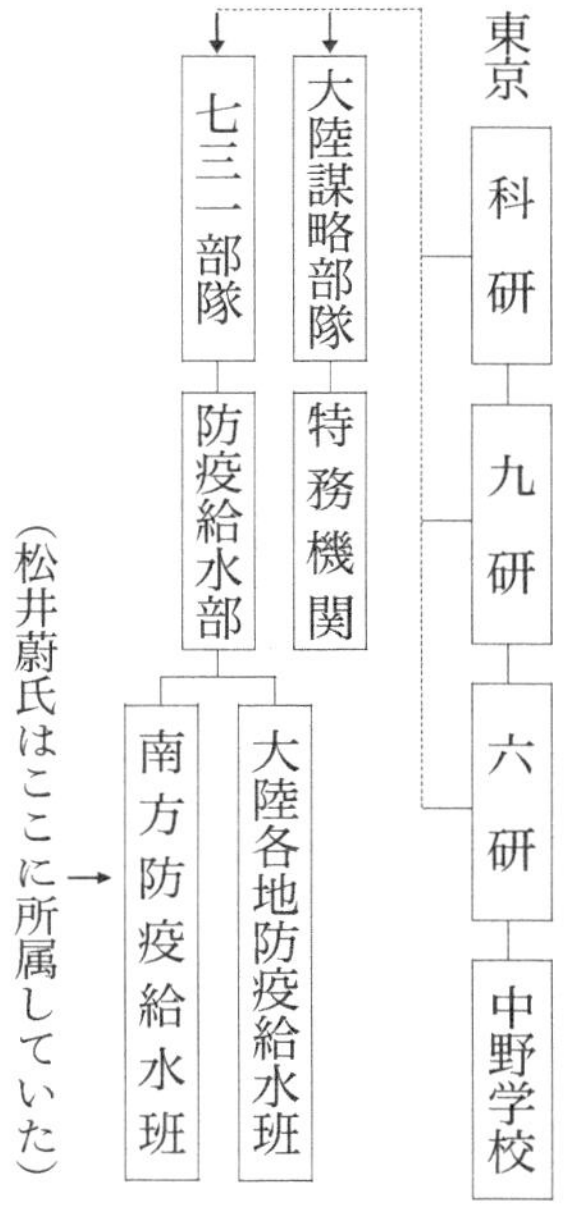

仁科俊太郎がモスクワ発行の七百三十八ページの厚いこの公判記録を読んで、所謂《いわゆる》第七

三一部隊が、「細菌戦の準備のために、ペスト菌、コレラ菌、ガス壊疽《えそ》菌、腸チフス菌、パラチフス菌などの研究と培養《ばいよう》を専門に担当していた」との知識を得たが、さらに、この記録は、第七三一部隊が、その研究した菌の効力を験《ため》すために、生きた人間に対して、実験を行なっていたというのである。

「第七三一部隊ニ於テハ、生キタ人間ニ対シテアラユル殺人細菌ノ効力ノ実験ガ広範ニ行ワレ、是レガ為ノ材料ハ、日本防諜機関ガ殺戮《さつりく》ニ供シタ囚人――中国愛国者及ビロシア人デアッタ」

「囚人ヲ収容スルタメニ、第七三一部隊ハ、特設監獄ヲ有シ、其処ニハ、部隊員ガ秘密保持ノ為ニ通常『丸太』ト称シタトコロノ被実験者ガ厳重ナル規律及ビ隔離ノ下ニ収容サレテイタ」

との記載がある。

帝銀犯人が、十六人を一ヵ所に集め、茶碗《ちゃわん》を配らせて薬液を注ぎ、自ら手本を示して、第一薬を飲ませ、一分間置いて第二薬を飲ませた鮮かな指導振りは、まるで号令でも掛けたようである。仁科俊太郎は軍隊に行った経験がある。そして、帝銀犯人のこのしぐさを見ると、古年次兵の初年兵に対する「教育」ぶりを連想するのである。

しかも、この犯人は十六人の殺戮を目前にして、眉《まゆ》一つ動かしていない。彼には、その種の体験があり、度胸が出来ていた、という推測は容易に出来るのである。

モスクワの記録の内容には、次の個所も仁科は眼をとめた。

「一九四四年八月——九月、私ハ研究員タルMノ指導ノ下ニ、第一〇〇部隊内ニ於テロシア人及ビ中国人ノ囚人七、八名ニ対スル実験ヲ行ナイ、是等ノ生キタ人間ヲ使用シテ毒薬ノ効力ヲ試験シマシタ。即チ、私ハ是等ノ毒薬ヲ食物ニ混入シ、之ヲ以上ノ囚人達ニ与エタノデアリマス」（或《あ》る部隊員の供述）

この実験のやり方は、帝銀犯人のそれと似ているが、内容はかなり異っている。乃《すなわ》ち、一方は毒薬を食物に混入して食べさせたのに、帝銀の場合は、青酸化合物の溶液を飲ませている。

それでは、七三一部隊には、青酸カリの実験はなかったかと、仁科俊太郎は、この記録を探したが、それは無かったのである。殆《ほとん》ど細菌の研究のみである。ただ、わずかに、次の記載を見るだけである。

「被実験者ハ皆、二週間後ニハ彼等ニ対シテ行ワレタ実験ノ後衰弱シ、実験ノ役ニハ立タナクナリマシタ。機密保持ノタメ、被実験者ハ皆殺サレマシタ。或ロシア人ノ被実験者ハ、M研究員ノ命令デ青酸カリ十分ノ一グラム注射サレテ殺サレマシタ」

これは青酸毒の実験でない。もし、モスクワ発行のこの記録を悉《ことごと》く信じるとして、そしてこの記録に「宣伝性」が無いとして読むと、青酸カリ類の研究も実験も無かったようである。

しかし、この記録は、ソ連側の元日本軍人戦犯罪状であって、七三一部隊の研究内容の調査報告書ではない。ソ連側は、いわゆる石井部隊の研究内容を知りたがっていた。ソ連軍が満州に雪崩《なだ》れ込んで第一に捕えたのは石井部隊であった。そこでソ連側は研究内容を知ったであろう。細菌だけでなく、もっと別なもの、それはモスクワが「公判記録」では公表したくないものが在った、という想像が仁科俊太郎には起るのであった。

また、七三一部隊の研究記録は敗戦時に焼却しているから、ソ連のこの裁判記録の内容に疑問をもつ者もある位である。

要するに、旧日本軍は知られない毒物をいろいろと研究していた。もし、それらの毒薬を与えたとすると、そのような薬を飲んだ死体を扱ったことのない内地の一般の医学者には正体がつかめないかもしれないのだ。仁科俊太郎は、帝銀事件において、どれだけの捜査が旧軍関係に向けて進められたかを知りたいため、当時内地に居た人たちに会って話を聴き回った。すると、それは、かなり調べられているのである。中野学校や第七三一部隊の上層部の軍人達は、薬物関係の優秀な技術者だから、内地に還《かえ》ると、その方面の会社に勤務している者が多い。この中から五、六十人ぐらいは調べたようである。これは、帝銀犯人の人相、年齢などの枠の中に絞ってのことである。

だが、これは「自由」ではなかった。

仁科俊太郎が聴いた話では、こうである。

石井中将は、釜山《ふざん》から単身、密航船に乗って帰国した。そのため復員手続は行なわれていない。留守業務部の書類の上では「復員年月日不明、現存」となっている。このようなケースは細菌部隊関係者には極めて多い。つまり、すべてこっそり帰国しているのである。

東京に帰ってからの石井氏は、事実上、潜伏していたが、やがて米占領軍の保護下におかれた。悪くいえば軟禁であった。ソ連側も石井氏を訊問《じんもん》しようとしてソ連代表部を通じて申入れたが、取調にはいつも米側が立ち会い、実質的には何の効果もなかった。このような状態であったので、米軍側は、石井氏を通じて、その旧部下を調べたり、研究上の協力を得ることができた。が、それが誰であるかは石井氏以外は知らないようである。ともかく、戦後の相当な時期まで、七三一部隊関係者は、軍時代の「秩序」をもっていたようである。

帝銀事件当時、七三一部隊の某幹部が「オレの旧部下がやったのかもしれない」と洩《も》らしたのは事実であり、新聞に伝えられた帝銀の犯行現場の状態から、その毒薬や使用状況について、その幹部には数人の心当りがあったのではなかろうか。

やがて警視庁の捜査の線上に石井部隊の線が出てきて、警視庁が石井氏に会おうとしたが、「米軍の保護下」にあったので、刑事たちはすぐには会えなかった。そこで警視庁では、軍医学校関係者を訪ね歩いて、石井氏と連絡をとり得る人物を探し回っていた。その結果、伊東《いとう》軍医中佐が連絡係となって何人かの人名をあげ、石井氏と連絡して、その人物について説明を石井氏が行なった。

伊東中佐のもとで挙げられた人名については、「容疑者と思われる者」「容疑者と思われる者について知っていると思われる者」の二種類があったのだが、石井氏が刑事たちに、その人名に対してどれだけの説明を加えたかは明らかでない。つまり石井氏との連絡も、刑事たちにとっては直接出来なかったし、その部下達についても、石井氏の手を経ないでは連絡できなかったのである。

これは仁科俊太郎が人から聴いたことであって、もとよりそれが事実かどうかを確かめることは出来ない。彼が確かめたいのは、この捜査に、「何らかの妨害」が有ったか無かったかの点である。

しかし、積極的にはその点は発見されなかった。だが、ある組織が占領軍の「保護下」に置かれていたら、当時の情勢として、捜査に自由が無かったといってよいのである。これは壁である。

もし、この強い壁を突き破って強引に進もうとしたら――。

仁科俊太郎の眼には、京都のホテルで、元警視庁幹部が不用意に、

「あの時は、アンダースンがね……」

と洩らして、あわてて後悔の色を見せた当人の顔が泛《うか》ぶのである。

九

警視庁が事件の当初、「これだけデータが揃っているから大丈夫だ」と自信を示し、意気込んで捜査した軍関係の追及は壁に突き当り、わずかに先方から「与えられる」一筋の水のような情報だけに頼る始末であった。

そこへ、北海道から、嘘吐きの「変な野郎」が飛び込んで来たのである。焦躁《しょうそう》し、絶望していた軍関係捜査の主流が、その方針を急いで捨てる機会を摑《つか》んだ、といえなくはない。

平沢が捕まったときもそうだったが、彼が、

「話が全然纏《まとま》らないので困ったものですな。ええと、一ぷくさせて頂きます……順序と言いましたが、それよりも記憶の方がどうも」

と首を傾げながら、ぼつぼつ自白をはじめると、新聞は一斉に平沢を「真犯人」

として書き立てた。

犯罪史上未曾有《みぞう》の残虐な事件だし、極悪無道の犯人なのだ。世間の大衆が「真犯人」の平沢に憎悪の眼を投げつけたのは当然である。マスコミがこの大衆感情を煽《あお》り、一つの「輿論《よろん》」が形成された。輿論は、いつも片側に或《あ》る種の暴力を養ってふくれるものである。

新聞は捜査本部発表の材料一本で通した。警視庁ダネなら、間違っても、あとで責任にならぬし、無難なのである。それに各社競争で平沢貞通周辺の取材に狂奔したから、これに遅れをとってはならないのである。それ以外の取材は、例えば犯人は平沢ではなく別人だ、という材料を社会部記者が持って帰っても、次長《デスク》は、「そのへんにメモしておけ」くらいで冷遇されたし、ボツになるのが普通であった。

仁科俊太郎は、自分が新聞社に居るだけに、次長のそういう心理が分るような気がするのである。

大衆感情は、ときとして理不尽《りふじん》なものである。彼らは新聞による報道だけで、詳細な内容を知らされていない。警視庁の主観が新聞の主観となり、それが読者の主観となり、「世論」の主観となるのである。

司法省刑政局長、控訴院検事長の前歴をもつ正木亮のような高名な弁護士さえも、平沢貞通の弁護団長を引きうけたとき、友人や知人から非難された。

「あの時の世論は、帝銀事件は平沢というものが大悪人だから、検事出身の弁護士がああいうものを引きうけるというのは恥辱だ。あんなものは引き受けちゃならないという非難が、囂々《ごうごう》とあった。先輩からも、検事局方面からもあるし、検事局は、正木先生があんなものをやるというのは怪しからん、と後輩どもが言うらしいのです」

という事情であった。

平沢貞通は性格が異常で、「コルサコフ症状」というのは彼によって世間に知れたようなものである。嘘ばかり吐いている「変な奴」である。帝銀事件ぐらいやり兼ねない、というのが、世間の印象である。やりかねない、とは、やった、という通念になる。

なるほど平沢は嘘ばかり言う男である。それもすぐ暴《ば》れるような、見栄坊的な、はったりの嘘であった。計画的な嘘は吐けないようである。しかし、帝銀犯人は、もっと頭脳的な、冷徹な計画性をもつ男でなければならない。逆説的な言い方をすると、平沢は嘘吐きだから、帝銀の真犯人としての適格性が無い、と言えるのである。

とにかく世論は平沢貞通を「真犯人」にしてしまった。天人共に許さざる極悪非道の兇悪《きょうあく》犯人である。警視庁の主観がマスコミの主観となり、それが作り上げた輿論である。これは台風のように強い。

昭和二十五年八月三十一日、東京地方裁判所の第一審裁判長は、頭髪の一層白くなった平沢貞通被告に次のように言い渡した。

「判決。右ノ者ニ対スル強盗殺人、同未遂、殺人強盗予備、私文書偽造行使詐欺、同未遂被告事件ニツイテ次ノ通リ判決スル。

主文。被告人ヲ死刑ニ処スル」

「罪トナル理由」は、検事の主張を全面的に採用したものであった。

仁科俊太郎は考えた。

第一審裁判長は果して、平沢被告を有罪とする自信があったのであろうか。間接証拠の集積はあっても、直接証拠の薄弱さには当惑しなかったか。そして、平沢を真犯人なりや否やと鑑定する能力は、第一審裁判長の判断力の限界を超えてはいなかったか。裁判長に思考の彷徨《ほうこう》が徒《いたず》らに続く状態はなかったであろうか。彼は心の中で、「これは証拠不十分で無罪にすべきだろう」という呟《つぶや》きが聴えなかっただろうか――

第一審裁判長は結論を逼《せま》られた。この時、輿論の風圧が彼の意識に作用しなかったとは誰も言い切ることは出来ない。すでに裁判進行中にも、新聞紙上には、平沢を真犯人とするような印象の強い表現の法廷記事が連日のように出ていることである。世論の評判も、平沢に決めてかかっている。

世紀の大事件だ。平沢は、疑えば充分におかしなところがある。これを「無罪にしたら」大変なことになりそうである。よほど勇気のある裁判長でないと、「無罪」とは言えないのではなかろうか。第一審裁判長に勇気が無かったとしても咎《とが》めることは出来ない。

第一審で「死刑」を言い渡しても、まだ、二審もあり、最高裁もある。第一審裁判長及び陪審判事の心理には、とに角、一応の判決は自分たちで出した。あとは、控訴審と最高裁で、もっと有能な判事によって裁定して貰《もら》いたい、という意識が働いていなかっただろうか。

そして、控訴審も最高裁も、有力な新事実が出ないままに、一審の判決がレールの上を滑るように通過した、という印象は間違いであろうか。

平沢貞通の性格が、あのように奇矯《ききょう》でなかったら、帝銀事件の判決は、もっと違ったものになっていたかも分らない、と仁科俊太郎は思った。平沢には人間的な魅力を感じることが出来ない、とは、仁科の会ったこの事件の関係者が殆《ほとん》ど口を揃えて言っていることで、これは平沢にとって不幸であり、或《あるい》は裁判にとっても不幸であったかも知れない。

それでも、第一審の求刑直後の新聞の社説や、コラムには、

「十六人に毒を飲ませ、十二人を一瞬にして殺した帝銀事件の犯人として平沢は死刑を求刑された。空前といってよいほどの難事件で、一時は迷宮入りかと騒がれただけに、論告を読んでも快刀乱麻というほどの明快な印象は与えられない。捜査は実に綿密を極めて当局苦労のほどは察せられるが、肝心の核がぼやけているだけに、なるほどと万人の胸にコツンとこたえるものに欠けているような気がする。それというのも、物的証拠が確実に手に入れられなかった為だろう」

「――判決に当って特に注目された点は、証拠に対する裁判所の価値判断如何《いかん》であった。言うまでもなく、この事件は決定的な物的証拠を欠いており、検事側の主張の根拠は主として被告の自白とか、アリバイの不成立とかの状況証拠にもとづいている。我々の憂うるのは捜査当局の科学的捜査能力の不足である」

というような一文が見えるのである。

今では、平沢が帝銀の犯人と信じながらも、ピンと来ないという世間の人は多いのである。それは直接証拠が無に等しいからであり、画家と毒薬知識の豊富な帝銀犯人との結びつきが直感的に出来ないからである。

帝銀事件は旧刑訴法による最後の事件であった。旧刑訴法によると、自白重点主義である。しかし平沢の場合の自白は「長い拘禁による精神錯乱の中に検事に誘導された自白」の疑いがあり、映画に撮られた犯行実演も、「検事に指導された」疑いがもたれる以上、ひどく弱いのである。

新刑訴法は証拠第一主義だから、新法によると平沢は当然無罪になる可能性がある。旧刑訴法最後の事件だったことに平沢の不運があるが、詐欺、窃盗犯の微罪ならとも角、死刑か無罪かというようなこれほどの被告には、新とか旧とかの人間のひいた線がある筈《はず》はない。証拠第一の新刑訴法の精神で判決すべきではないか、と仁科俊太郎は思うのである。

第一審の裁判長は、ともかく判決を下した。しかし、第一審裁判長の気持の中には、第二審の裁判長、最高裁の裁判長への恃《たの》みが全く無かったとは言えまい。まだ最高裁がある、というのは、ひとり被告の側だけの叫びではなかろう。

仁科俊太郎の眼には、獄窓の中で、手紙を書いたり絵を描いたりしている老死刑囚の跼《かが》んでいる姿が泛ぶのである。もし、当局に処刑する自信がなく、老囚人の自然死を待っているような意識があったら、人生の最後まで獄の鎖に繋《つな》がれている「証拠の無い」囚人に、死刑以上の苦痛を与えていることになるのではなかろうか。

日本警察の捜査からＧＨＱの壁を防衛するために、アンダースンが当時警察に出て来たという仁科の想像も、元高官の洩《も》らした一言に彼が勝手にとびついて、ひき回されたということかもしれない。

仁科は借りて来た厖大《ぼうだい》な記録を風呂敷《ふろしき》に包んで、書斎で煙草を喫い、呟いた。

「しかし、とに角、個人的なおれの力ではどうにもならない」

新聞社の論説委員会の席でも、仁科のテーマは敬遠されて断られたばかりであった。

単行本　文藝春秋新社、昭和三十四年十一月十日初版
文庫　角川文庫、昭和三十六年八月十五日初版
本書は右記角川文庫を改版したものです。
なお本文中には、今日の人権擁護の見地に照らして、不適切と思われる語句や表現がありますが、作品全体として差別を助長するものではなく、また著者が故人である点も考慮して、原文のままとしました。

解説

保阪正康

松本清張が「日本の黒い霧」と題して、昭和中期ともいうべき占領期（昭和二十年九月から二十八年四月まで）とその直後に起こった不可解な事件をとりあげて作品化したのは、昭和三十五年である。この年に月刊『文藝春秋』の一月号から十二月号までの間、十二の事件や事象をとりあげて連載を行っている。

因《ちな》みにこの十二の事件や事象は①下山国鉄総裁の謀略死②「もく星」号遭難事件③占領期の二大疑獄事件④白鳥警部射殺事件⑤ラストヴォロフ事件⑥伊藤律という革命を売る男⑦征服者とダイヤモンド⑧帝銀事件の謎⑨鹿地亘事件⑩推理・松川事件⑪公職追放とレッドパージ⑫謀略朝鮮戦争――となる。八月号に連載した「帝銀事件の謎」（連載時タイトル「画家と毒薬と硝煙――再説帝銀事件」）は、前年の昭和三十四年に一度この事件を書いたにもかかわらず、どうにも納得できず、改めて筆を執ったとされている。前年に書かれたのが、この『小説帝銀事件』であった。松本にすれば、この作品の延長線上に「帝銀事件の謎」を書いたということになるだろう。

本書はその意味では、日本の占領期に起こった事件の背景に占領政策特有の歪《ゆが》みがあり、それが謀略となって現実の事件や事象が起こっているという理解の出発点になっている。俗な言い方をするなら、松本は本書をとっかかりにして占領期の「黒い霧」に挑むことになったといえるだろう。それゆえに本書は重要な意味があると考えていいのである。

松本のこの「黒い霧」史観はきわめて直線的でもあった。この場合の「黒い霧」とは謀略という語とも重なりあうし、日本の占領期に実質的な支配者だったGHQ（連合国軍最高司令官総司令部）の一機関による政治工作という事実を指していると考えてもいい。実際に松本は、「なぜ『日本の黒い霧』を書いたか」の中で、こうした事件や事象の背景について、「悉く米軍の謀略というオチになっているので曲がない」とか「変化がない」と言われるが、と前置きしたうえで次のように書いているのである。

「しかし、これはフィクションではないから『曲』をつけるわけにはゆかない。飽くまでも帰納法的な結論で終始するほかはないのである。（略）『何んでもかでも米軍の謀略にする』予断で書いたのではないのである」

帰納法的、つまり事実のひとつひとつを積み重ねていくと、結果的に占領にあたっているGHQの一機関とそれに操られた工作員がある意図をもって起こした事件や事象ではないかと結論づけられるのである。このような松本の執筆方法、あるいは時代認識はそれ自体きわめて貴重であるといわなければならない。どういう意味かというと、「昭和三十四年（一九五九）」という、やっと日本が国際社会に復帰（つまり占領が解けた時期ということだが）してから七年ほどしか経ていないのに、特定の人物や勢力を恐れることなく、占領期間の不可解な事件は大体がアメリカ側が裏で糸を引いていると断言したに等しいからである。とくに本書は日本の「黒い霧」解明の突破口になった作品だと位置づけることができるが、そういう目で読んでみると松本なりの見方がどのように形づくられたかがわかってくる。

その点でも、本書はなかなか示唆に富んでいる。

帝銀事件の発端は、昭和二十三年一月二十六日に帝国銀行（現在なら三井住友銀行に該当する）の椎名町支店に「背広服を着て、左腕に白地に東京都の赤じるしの腕章」であらわれた中年男性が、この界隈《かいわい》に赤痢患者が発生したので、「占領軍の命令」により全員が予防薬を飲まなければならないと命じたことに始まる。この男性は厚生省の現役医務官を名のったわけでもあるが、その言い分に椎名町支店の行員ら十六人が差しだされた飲み薬を服用したとたんに相次いで倒れ、その間に男は銀行から現金を奪ったとの事件であった。医学知識をもっていて、しかも紳士然としたふるまいもあり、椎名町支店の行員たちはいずれもまったく疑っていない。

この事件のカギは、犯人が薬品を扱いなれているうえに、「占領軍の命令」という当時の国民の誰もが口を挟めない巨大な権力をもちだすことによって、見も知らぬ厚生省の一技官の計算を巧みにカムフラージュしたという事実であった。それでも日本の警察当局はこの帝銀事件の前に同種の未遂事件がすでに二件起こっていることに注目し、この折に使われた名刺「厚生技官医学博士松井蔚《しげる》」をもとに犯人をあぶりだそうとした。松井は実在の人物だっただけに、名刺を誰にいつどのようにして配ったかを警察当局は必死に調べている。

松井は名刺を誰に配布したのか丹念に記録を残す癖をもっていた。それが捜査関係者には役だったのだ。松本はこの辺りのことは裁判資料を各方面から入手して書き進めているので、小説的な関心がもたれる記述である。本書を読み進むうちに、松本は平沢貞通というテンペラ画の画家が警察当局の網にかかり、そして犯人にされてゆくプロセスを資料と自らの分析をもとにえがきだしている。この画家はある病いをもっていて、それが犯人像に意図的に近づけられていくのは考えてみればあまりにも恐ろしい。

平沢貞通は、松井の名刺をもっていたことから捜査の網の中に入るのだが、警察当局は調べれば調べるほど「新しい疑点」にぶつかったというのだ。ある刑事が平沢を犯人に仕立てあげるというふうにも読めるのだが、それにしても「大正十四年に狂犬病の予防注射から、コルサコフ氏症病にとりつかれ、性格的にそうとう異常な点があること、そうして、彼の言動は見え坊ではったり屋であり、すぐばれるような嘘を、平気で人に言う癖があること」（九二頁）といったことが犯人視されたのであろう。本書を読むとわかるが、松本は平沢はこういう事件を起こすだけの緻密《ちみつ》さや医学上の知識などもちあわせていないのではないか、さらには椎名町支店の存命者を始めとして、犯人を身近かで見た者の証言を見ても、明確に「この男だ」と断定している者はいないのでは……と裁判資料などを引用しながら書きこんでいる。

確かに本書を読むと、平沢は犯人というよりいささか強引に犯人に仕立てあげられた、あるいは本人がそのときどきで出まかせを言ったり、誇張したり、演技したり、と犯人像にあわせていくような感もある。松本はこうした事件の内幕を調べていくにつれ、これが旧刑事訴訟法の最後の事件であり、いわば自白だけで犯人に仕立てあげられていることを知る。実際に平沢が犯人であるという証拠はまったくといっていいほど示されない。平沢の自白は「長い拘禁による精神錯乱状態の中に検事に誘導された」と見るのである。

松本は本書でなんども苛立《いらだ》たしい筆調で書いている。「軍関係の捜査は、どこで消えたのであろう」という表現である。「（警視庁は）帝銀事件圏の少なくとも半面が軍関係の捜査だった。あとの半面が平沢である。しかし、軍関係は途中で潰滅し、平沢だけが取り残された」とも書く。なぜ軍関係の捜査は中止になったのか。七三一部隊や陸軍の科学研究所に関わりをもつ医療関係者は浮かびあがらなかったのか。そのような疑問をもとに本書の後半部では陸軍の兵器開発関係に携わったスタッフや、実際に犯人と目される人物像などを丹念に描写している。

本書が『小説帝銀事件』とあえて「小説」と称するのは新聞記者の回顧という形でストーリーが語られているからだ。かつて取材者と取材対象者という関係だった警視庁の要職に就いていた者と、ホテルで偶然出会って会話を交すという冒頭のシーン、そこで要職にあった者がたまたまロビーにＧＨＱの特務機関を動かしていたアメリカ人が来日しているのを見る。そこでのふたりのやりとりなどが、松本の作家としての筋立てであり、それゆえに「小説」と名づけたのであろう。

松本は前述のように、この書を書いた翌年から「日本の黒い霧」の連載を始めているが、その中に帝銀事件を含めたのは、自らが本書を著した段階では消化不良を起こしていたからだろう。そのうっぷんを晴らすかのように「帝銀事件の謎」では、「私の想像による犯人」像を書いている。そのひとつとして「曾ての第七三一部隊（関東軍防疫給水部、石井部隊）か、または第一〇〇部隊（関東軍軍馬防疫廠）に所属した中堅メンバーであり、ニトリールのような毒物の存在を知り、かつ、それを利用しうる立場にあったが、戦後の秘密作業は知ってはいたものの、関係は公的にはなかった」と断定している。GHQの組織上高度な部門が七三一部隊の実態を日本の警察が調べることを厭《いや》がり、そこでその方面への捜査を押さえたと分析するのだ。本書での言い足りなかったことを次の同じテーマでの作品で明言したのである。

松本はこの事件の背後にあるのは、われわれ市井の庶民がいわれもなく逮捕される危険性を含んでいる怖さだと強調する。平沢貞通という人物はまさにその例だというわけである。あえていえば、私はこの松本の見方が全面的に正しいか否かについて結論をだすことはできない。ただ帝銀事件というのは旧刑事訴訟法のもつ残酷さをもっともよく示しているとの思いはもつ。新しい刑事訴訟法では有罪にできないだろうとの松本の指摘もまたうなずける。本書を手にする読者は、ある時代の怖さを読みぬく心構えが必要だということになるだろう。

小《しょう》説《せつ》帝《てい》銀《ぎん》事《じ》件《けん》

新装版《しんそうばん》

松本《まつもと》清張《せいちょう》

昭和36年 8月15日　初版発行
平成21年 12月25日　改版初版発行
令和7年 10月25日　改版31版発行

発行者●山下直久

発行●株式会社KADOKAWA
〒102-8177　東京都千代田区富士見2-13-3
電話　0570-002-301（ナビダイヤル）

角川文庫 16044

印刷所●株式会社KADOKAWA
製本所●株式会社KADOKAWA

表紙画●和田三造

●お問い合わせ
https://www.kadokawa.co.jp/（「お問い合わせ」へお進みください）
※内容によっては、お答えできない場合があります。
※サポートは日本国内のみとさせていただきます。
※Japanese text only

ISBN978-4-04-122769-5　C0193

◆◇◇

角川文庫発刊に際して

角川源義

第二次世界大戦の敗北は、軍事力の敗北であった以上に、私たちの若い文化力の敗退であった。私たちの文化が戦争に対して如何に無力であり、単なるあだ花に過ぎなかったかを、私たちは身を以て体験し痛感した。西洋近代文化の摂取にとって、明治以後八十年の歳月は決して短かすぎたとは言えない。にもかかわらず、近代文化の伝統を確立し、自由な批判と柔軟な良識に富む文化層として自らを形成することに私たちは失敗して来た。そしてこれは、各層への文化の普及滲透を任務とする出版人の責任でもあった。

一九四五年以来、私たちは再び振出しに戻り、第一歩から踏み出すことを余儀なくされた。これは大きな不幸ではあるが、反面、これまでの混沌・未熟・歪曲の中にあった我が国の文化に秩序と確たる基礎を齎らすためには絶好の機会でもある。角川書店は、このような祖国の文化的危機にあたり、微力をも顧みず再建の礎石たるべき抱負と決意とをもって出発したが、ここに創立以来の念願を果すべく角川文庫を発刊する。これまで刊行されたあらゆる全集叢書文庫類の長所と短所とを検討し、古今東西の不朽の典籍を、良心的編集のもとに、廉価に、そして書架にふさわしい美本として、多くのひとびとに提供しようとする。しかし私たちは徒らに百科全書的な知識のジレッタントを作ることを目的とせず、あくまで祖国の文化に秩序と再建への道を示し、この文庫を角川書店の栄ある事業として、今後永久に継続発展せしめ、学芸と教養との殿堂として大成せんことを期したい。多くの読書子の愛情ある忠言と支持とによって、この希望と抱負とを完遂せしめられんことを願う。

一九四九年五月三日